AF320952

JULES CURRY
(J. B.-L.)

LOISIRS
ET
FANTAISIES

D'UN JOURNALISTE

LES DEUX CHAGRINS DE GEORGETTE
LETTRES RIMÉES
UNE AVENTURE ÉLECTORALE
LE CARROSSE DE PROSPER

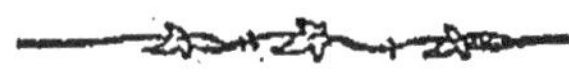

SAINT-AMAND (CHER)

EM. PIVOTEAU, IMPRIMEUR-LIBRAIRE

—

M DCCC LXXV

LETTRES

ET

PETITES HISTOIRES

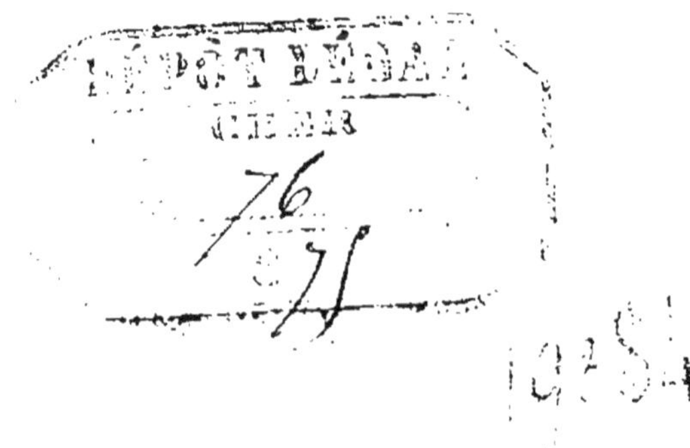

Saint-Amand. — Imp. EM. PIVOTEAU

LETTRES

ET

PETITES HISTOIRES

EN PROSE RIMÉE

PAR

JULES CURRY

(J. B.-L.)

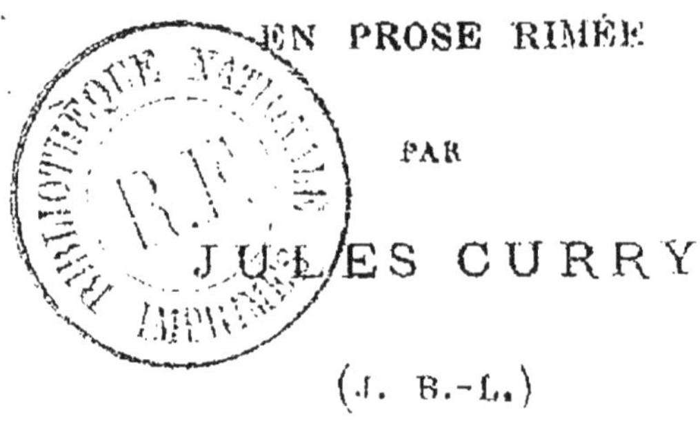

SAINT-AMAND

IMPRIMERIE EM. PIVOTEAU

1875

ESPÉRANCE

A MADAME DE CH.

J'ai fait de tous ces vers une olla-podrida.
Ce ragoût plaira-t-il aux lecteurs, aux lectrices?
That is the question. Ma foi, comme un soldat. }
Je vais à la bataille; et, prêt aux sacrifices,
J'attends l'heure où la tombe enclôra tous mes morts.

Allons, chère critique, aiguise tes dents, mords
Et romps mes nouveaux-nés en mille et mille pièces.
Mais, quelque soit leur sort, — ni douleurs ni liesses
Ne me feront courir le sang plus fort au cœur.

Cependant, j'ai voulu pour revenir vainqueur
Abriter mes enfants sous le nom d'une mère.
Vous me l'avez permis, Madame, et votre nom,
Plus chaste — et jeune autant que celui de Ninon,
Saura les préserver d'une fin trop amère.

Vous serez la Madone aux regards bienveillants
Qui sourit, gracieuse, aux rimeurs trop tremblants,
Et d'une douce voix dit tendrement : ESPÈRE.

Pourquoi publier de la prose rimée; à quoi bon?

— Je ne le saurais dire.

Que voulez-vous, c'est une idée qui m'a pris.

Si ces vers, mal léchés, écrits sans prétention, au courant de la plume, plaisent à cause de cela même, — et plus que des rêves éthérés, pourquoi les tenir en chartre privée?

Il y a plus. Si les lecteurs prennent goût à ces fantaisies, je me déciderai peut-être à publier ce qui reste en portefeuille. C'est une question à examiner. En tout cas, quelle qu'en soit la solution, la postérité n'y perdra rien.

Après tout, aujourd'hui, la mode des vers est revenue, et cela se comprend: c'est œuvre de recueillement et d'inspiration, mais aussi de consolation et de patience. Il faut une bonne dose de ces choses-là pour vivre et passer l'heure après l'heure, par le temps qui court.

Les derniers héros de l'ère impériale nous ont fait naguère des loisirs forcés. A quoi les avons-nous passés? — à rimer, — et devant les hémistiches l'ennui s'est enfui.

Si tous ceux qui ont des soucis pouvaient, en me lisant, trouver un curatif, je me croirais assez payé. C'est uniquement pour eux que j'ai pris la plume. Je me moque de la postérité comme un persécuté de ses persécuteurs. De ces derniers, venus sous l'Empire, les uns sont morts — adieu paniers ; — les autres sont inquiets : les événements les troublent. N'est-ce pas aussi une existence peu enviable et un pitoyable métier que l'existence et le métier de persécuteur ? Se faire du sang vert, de la bile ; se dessécher dans l'oubli, le dédain et les transes, loin ou près de ses places perdues, ou en train de se perdre ; avoir honte, baisser les yeux devant le persécuté — et puis mourir ; — mourir de consomption, de rage inassouvie, d'un fémur cassé, d'un coup d'apoplexie, voilà certes de belles récompenses — et elles n'ont point manqué jusqu'ici à tous ceux qui, sans rime ni raison, ont cherché la petite et la grosse bête sur la tête de gens inoffensifs et dont la fermeté de principes faisait rougir leur conscience avilie par des complaisances coupables au profit du pouvoir.

En vérité, devant ces résultats, on serait presque enchanté d'être toujours resté Gaulois et persécuté, la plume à la main, le rire et l'ironie aux lèvres.

Qu'en pensez-vous, lecteurs ?

JULES CURRY.

ENVOI

A MA CHÈRE COUSINE

CLAIRE-GEORGETTE A.

Claire, un monsieur très-bien, dont le cœur est à prendre,
Esprit doux et charmant, sensitive très-tendre,
Me disait un beau jour en l'hôtel du duc Jean (*).
Où personne au gousset ne peut porter d'argent :
« Je parîrais cent francs à manger en ripailles
» Quand nous aurons quitté ces funestes murailles,
» Oui, je parîrais bien qu'en quatre heures durant
» Vous n'alignerez pas, justes et bien en rang,
» Cent vers alexandrins sur un sujet frivole. »

J'acceptai le pari ; — je le tins sur parole
Puisqu'on ne peut compter en l'hôtel du duc Jean
Son enjeu sur la table — et payer en argent.

Quel était le sujet ? cela me reste à dire :
On mit plusieurs papiers dans une tire-lire
Et le sort, aussi sot qu'un homme ivre de rhum.
M'amena ces deux mots : *Memento nugarum.*

(*) *Lieu de captivité pour délits de presse, dans le Cher.*

(Emile te fera la traduction saine
Du latin qui m'a mis l'esprit à la Géhenne
Pour gagner mon pari.) Je t'invoque aussitôt : ·
« Claire, viens me prêter, à n'importe quel taux.
» Un peu de ton esprit, cru de Gaule ou d'Athène.
» Un peu, si peu que rien, pour me tirer de peine ! »

Tu fis la sourde oreille — et comme la fourmi
Tu voulus tout garder, ne prêter ni demi,
Ni quart de ton esprit. Vexé, j'ai pris la plume
Et frappé sur ma Claire, et tant — que tout en fume.
Encre, papier, babil, crayon, *et cœtera*.

Il ne te reste plus qu'à dire un *libera*
Pour le repos de vers déjà mis dans les limbes,
Quand ton esprit eut pu les orner de beaux nimbes
Comme les chérubins en portent dans les cieux.

Le mal est fait, tant pis ; si je suis soucieux
Ce n'est pas de mes vers — j'ai gagné ma gageure —
C'est d'être le héros d'une sotte aventure
Qui me tient sous verrou dans l'hôtel du duc Jean
Sous la garde de cinq soldats et d'un sergent :

C'est l'hôtel où l'on met les pécheurs de la presse.
Les endiablés vaincus de cette pécheresse.
Oh ! n'y viens pas, ma Claire : on n'y valse jamais.
On n'y polke pas plus ; on n'y chante point, — mais
On y mâche l'ennui, on le fume, on le prise ;
Il y prend à la gorge et le cerveau s'en grise.

Comprends-tu ce que c'est que ce lourd punch d'ennui
Que l'on avale épais — et le jour et la nuit ?
Non ; tu ne connais pas ce produit exécrable
Pour lequel on dût prendre un brevet chez le Diable.
Ici, c'est la boutique où ce produit se vend :
Par compensation on y devient savant
Dans l'art de remuer sa paillasse et sa couche :
Le proverbe « Comme on fait son lit, on se couche »
M'est très-familier par l'application.

Maintenant veux-tu voir la chose en action ?
Je m'en vais retenir auprès de sœur Eugène
Une place pour toi : viens-y, — mise sans gêne.
Avec des sabots blancs, — sans crinoline, en deuil.
Tu ne veux pas?— tu perds, ma chère, un beau coup d'œil.

Adieu. Si je t'écris, — à ma mélancolie
Tu verras que j'ai bu mon vin jusqu'à la lie.
Mais j'ai toujours au cœur un reste de gaîté
Dont le fonds prendra force avec la liberté.
Je te raconterai plus tard mon aventure ;
Aujourd'hui, c'est trop tôt ; je la trouve trop dure
Pour en parler à froid et méthodiquement.
Adieu : je laisse là ce frais événement
Dont la fin ne vaut pas même un baiser morose
Que sur ta blanche main, ton vieux cousin dépose.

30 juillet 71.

LES DEUX CHAGRINS

DE CLAIRE-GEORGETTE

Memento nugarum.
Much ado for nothing.

I

Vous ne connaissez pas ma cousine Georgette :
Elle est insouciante et vive, — un peu coquette ;
Elle a des cheveux blonds, un petit nez en l'air,
Et des yeux, voyez-vous, d'un beau bleu d'outremer.
Ses pieds font gentiment geindre ses deux bottines.
Je ne parlerai pas des mains — qui sont divines.
Hé bien, vous m'en croirez — ou ne m'en croirez pas —
J'y suis indifférent ; portez ailleurs vos pas.

II

Partez — et me laissez tranquillement poursuivre
Une histoire, après tout, qui sans cela peut vivre. —
Je dis donc que Georgette a deux bien gros chagrins
Ce n'est d'avoir perdu trois ou quatre des grains
D'un chapelet béni; d'avoir taché sa robe,
Ou brisé dans la valse une lampe et son globe:
Non, Ce n'est même pas d'avoir glissé l'hiver
Et montré que son bas n'est pas piqué du ver:

III

Et ce n'est pas non plus d'avoir manqué la Messe,
Ni d'avoir oublié de le dire à confesse.
Je vois que vous jetez votre langue au toutou
Et que vous ne pouvez deviner — mais du tout —
Le moindre petit mot des deux chagrins moroses
Qui vont à ma Georgette ôter son teint de roses :
Je vais donc vous le dire aussi succinctement
Que le peut un poète ayant quelque agrément.

IV

Vous savez de quel deuil et de quelle tristesse
La France était couverte, hier, en sa détresse.
Jusqu'aux bords de la Loire on ne voyait partout
Que le chenapan roux, grincheux comme un matou.
Le routier plein de rage envoyé par Guillaume.
Georgette décampa, n'aimant pas l'âcre arôme
De soudards faisandés comme de vieux harengs.
Elle émigra bien loin avec tous ses parents.

V

En attendant que vint la fin de cet orage
Et que l'on pût chasser ces gueux de son village.
Mais elle eut beau partir, — ces gueux, venus à Mer,
Y laissèrent d'eux tous un souvenir amer.
Ce fut là le premier chagrin de ma Georgette :
Car elle partit bien sans tambour ni trompette.
Mais elle avait laissé son pauvre piano.
Au retour, il était perclus, privé du *Do*

VI

Du *Ré*, du *Mi*, du *Fa*, du *La*, du *Sol*, — et même
Du *Si* — c'était affreux, pensez, du *Si* lui-même !
Ah ! certes ce fût beau de casser jusqu'au *Si*
En jouant de la crosse et du fer d'un fusil !
Il faut être Prussien, à la peau sale et rance,
Pour montrer ce talent devant toute la France.
Venez donc consoler, ô muse du doux chant,
Cette pauvre Georgette en son malheur touchant.

VII

Le reste qui survint n'est qu'une peccadille
Dont ne s'amuserait pas même un Mascarille ;
Il fallut aérer, puis parfumer le lit
Avec l'eau de senteur de Jean-Vincent Bully.
Ce fut facile, — mais il fallait des pincettes
Pour, du linge à Prussien, se tirer les mains nettes.
Le nez n'eut pas souffert — s'il n'eut eu dans son lot
Que le mot (moins la chose) admis à Waterloo.

VIII

L'autre petit chagrin qui dévore Georgette
Est qu'elle a deux prénoms. Quand elle était fillette
Son petit nom Georgette avait du pastoral,
Un air champêtre enfin — qui n'allait pas trop mal.
« Georgette » rime assez avec « une houlette, »
Estelle et Némorin, — Némorin et Georgette,
A douze ans, en veston, avec rubans et nœuds,
Ça va deux à deux comme une rime et deux bœufs.

IX

Mais Georgette a passé l'heureux temps de l'enfance !
Elle a même accompli ses jours d'adolescence :
Elle marche à pleins pas dans la jeunesse en fleurs
Et fait briller à l'air l'éclat de ses couleurs.
Moi, je comprends alors — la chose est assez claire —
Que Georgette a besoin de son prénom de Claire.
Elle veut donc avoir et porter désormais
Ce prénom romantique — et plus d'autre à jamais.

X

Mais un obstacle vint — et quand nous disions : Claire !
Mon oncle nous disait : Voulez-vous bien vous taire !
On avait beau le prendre avec les sentiments ;
Lui dire que Georgette a peu de sacrements :
Que le calendrier l'omet au rang des saintes —
Et qu'en définitive on a plus que des craintes
Sur l'authenticité d'un prénom compromis
Par le final en « ette » à Rome non admis.

XI

Mon oncle restait ferme au milieu de la lutte,
Car il n'est pas du bois dont on fait une flûte ;
Mais Georgette, en cherchant, trouva le bon moyen
De mettre au pied du mur ce rude citoyen.
Elle prit un air triste et dit à son vieux père :
Si vous ne voulez pas que l'on m'appelle Claire
Je vais dans un couvent me cloîtrer dès demain
Et j'y meurs sous le nom de sœur de Saint-Firmin.

XII

Mon oncle eut peur : il crût qu'il forcerait Georgette
A jeter son chapeau pour mettre une cornette.
C'était vraiment agir avec trop de rigueur;
Aussi, bientôt on vit s'amollir sa vigueur :
Il cédait; et, prenant l'air le plus débonnaire,
Il embrassait Georgette — et puis l'appelait Claire
Claire émue et cachant sa joie au fond du cœur,
Prit un petit air fin mêlé d'un air moqueur

XIII

Et dit qu'elle aurait eu pourtant bien de la peine
A prendre du couvent la robe et la Géhenne.
Je le crois bien aussi. Mais je finis ces vers
Où rimes et raisons vont un peu de travers.
Après tout, pour tracer cette histoire-bluette,
A propos des chagrins de Claire et de Georgette,
J'avais cent vers à faire — et voilà qu'en jasant
Je me trouve avoir mis en sus les quatre au cent.

20 juillet 1871

A MA CHÈRE COUSINE CLAIRE A.

Claire, si je n'ai pu vous répondre plus tôt,
Ne me reprochez rien, accusez bien plutôt
Le destin qui préside au transport de vos lettres.
C'est assurément là le plus coquin des êtres.
Par deux fois votre épitre et ses lisérés verts
M'ont passé sous le nez sans m'être découverts,
Faisant de Bourge à Blois une espiègle navette.
Enfin, j'ai pu les prendre au fond d'une recette.
Dieu sait si j'ai couru leste et le bras tendu
Savourer ce plaisir alors inattendu !
Songez, j'avais le cœur à la mélancolie ;
Car qui n'a pas au fond du verre un peu de lie ?
Ce sont les souvenirs de la guerre d'abord
Qui nous fit chavirer de l'un à l'autre bord ;
Puis les soucis navrants de la grande défaite
D'où la France est sortie assombrie, inquiète ;
Puis la carte à payer, chiffrée en milliards,
Que présente Guillaume ancien roi des liards.
De sorte qu'aujourd'hui c'est pour le roi de Prusse
Qu'il nous faut travailler sans rire et sans astuce.
Il faut songer enfin à tous ces cris du cœur
Qu'une âcre rage arrache en face du vainqueur
Osant renouveler dans le siècle où nous sommes
Le droit de la conquête — et rendre serfs des hommes.

Je n'étais donc pas gai par l'affreux temps qui court
Où quand la joie arrive elle s'arrête à court.
Hier, à carnaval, si j'étais des plus tendres,
Aujourd'hui c'est déjà le mercredi des Cendres,
Et je m'acheminais, soucieux, vers le seuil
Du temple où j'ai déjà vu mener plus d'un deuil, —
Pour écouter des mots, — pour y voir le seul rite
Qui peut avoir encor à mes yeux du mérite.
On vous met, vous savez, des cendres sur le front.
Les uns prennent cela presque pour un affront, —
Quand d'autres, les croyants, même les philosophes,
N'y voient qu'un souvenir des sombres catastrophes.
Memento pulvis es quia reverteris
In pulverem. — Jamais l'église n'eut de cris
Plus vrais et plus humains qu'au fond de ces paroles :
Je les ai toujours pris pour de vivants symboles.
Il est bon, en effet, de rappeler à tous
Qu'ils n'auront pas toujours dans leur jeu des atouts
Et qu'une heure inclémente arrive sur la terre
Où l'on dit : *Souviens-toi que tu n'es que poussière.*

Mais non, je ne veux pas cacher la vérité :
Ce fut, par dessus tout, la curiosité
Qui me poussait à voir la comédie humaine.
Vous me croirez, je pense, à ce sujet, sans peine.
Comment Madame Chose et Monsieur son voisin
S'accommoderont-ils ? — Je venais à dessein,
Pour voir ce que chacun ferait de cette tache
Que le prêtre, en plein front, de la main vous attache

Et j'eus tout le loisir d'examiner à fond
Les secrets cachés même en un repli profond
Le stigmate de cendre au front de la dévote
S'étalait sans désir qu'aucun souffle ne l'ôte ;
Mais quant à sa voisine au teint rose et charmant
Ce n'était plus de même — et si le mouvement
Étudié, coquet, brusque et sec de la tête
N'avait suffi, — c'était un coup de sa voilette
Qui faisait voltiger les cendres dans les airs.
La beauté ne vit pas pour fleurir aux déserts.
Elle est pour moi, pour vous; elle est pour tout le monde;
Elle aime qu'on la fête en tout temps à la ronde;
Et s'il en est ainsi, pourquoi laisser ternir
Un front plein de fraîcheur, souriant d'avenir,
Par une tache noire et de boue et de cendre,
Présage d'une mort qu'on ne doit pas attendre ?
Ah ! la beauté sait bien la domination
Qu'elle exerce sur nous par fascination;
Qu'elle nous éblouit dans sa majesté fière
Comme des papillons autour d'une lumière.
Vous ne l'ignorez pas vous, cousine, — et toujours
Vous coquettez ainsi, bien souvent, tous les jours;
Mais, Claire, songez-y, demain, ce soir peut-être,
La beauté peut d'un coup, fragile, disparaître.
Il est temps : Saisissez dans un élan du cœur
Celui que le destin fera votre vainqueur.
Il ne faut pas coiffer la sainte Catherine,
Ni passer dans les rangs d'une vieille cousine.
Qui peut vous retenir, voyons, si vous trouvez ?
Personne, — et je vous dis qu'à présent vous couvez

Des rides sur le front : n'attendez donc pas l'heure
Où, sans respect, sur vous elles prendront demeure.
Je ne veux pas ici réveiller le débat
Agité tant de fois entre le célibat
Et ce lien fameux qu'on nomme mariage.
La cause est entendue et fixée à votre âge.
Il est un argument qui mérite au surplus
Considération, — car ça fait un de plus
Aujourd'hui que chacun sur les bouts de chandelle
Economise même avec beaucoup de zèle, —
C'est que, pour acquitter les dettes du combat,
On va d'un bel impôt taxer le célibat.
Je suppose que vous qui n'êtes pas bien sotte
Vous allez essayer de parer cette botte.

Vous m'avez demandé des vers ; — je n'en ai guère,
En ce moment surtout, qui pourraient bien vous plaire
Car ceux que j'ai finis, qui dorment inédits,
Sont des vers de satire où nos derniers édits,
Sous une plume ardente, avec de l'encre verte,
Ne montrent que l'horreur d'une blessure ouverte.
Mais Emile a de moi plus d'un alexandrin
Que peut bien vous prêter ce petit malandrin.
Si je dis malandrin — j'ai sujet de le dire,
Car ce petit monsieur n'est pas pressé d'écrire :
Voilà bientôt deux mois, deux mois bien établis,
Qu'il m'a mis au panier où l'on met les oublis.
Cependant je pourrais, pour vous être agréable,
Terminer une pièce encor là sur ma table

Et dont ma pauvre verve a dû se séparer.
Rien n'est capricieux à vêtir, à parer,
Comme le fol enfant dont la cervelle accouche.
On le tourne et retourne à vingt fois sur sa couche ;
Jamais on ne le trouve assez bien attifé,
La rage prend, il meurt sous nos doigts étouffé,
Mais la postérité ne peut être en alerte
Même quand elle apprend cette innocente perte.

Vous me laissez toujours des riens à désirer,
Riens charmants — qu'on ne veut pourtant pas ignorer.
Vous m'avez dit que vous aviez été marraine,
Mais vous ne dites pas — ce qui me tient en peine —
Quel est l'heureux mortel qui servit de parrain.
Voilà ce qui me cause à présent du chagrin.
Sans doute il a payé des cornets de dragées ;
Vous m'en offrez, — c'est bien, mais elles sont âgées.
Gardez-les donc, ma chère ; et quand j'irai vous voir, —
Je ne sais pas le jour, je ne puis le prévoir, —
Elles seront sans doute amères et fondues.
Après tout, celles-là, celles qui m'étaient dues,
Étaient bénites : vrai, je n'y tiens pas du tout.
J'aime mieux des bonbons, frais, non bénits surtout,
Des bonbons dont la robe est neuve et non déteinte
Et tente de la bouche une gourmande atteinte.
Ah ! de bonbons pareils vous me verrez friand
Et rien que de les voir je serai souriant.
Attendons. Vers le mois de juin de cette année
Je pense être à Mer par une b. le journée.

Mais jusque-là mon temps est tellement compté
Qu'un seul moment pour vous n'en pourrait être ôté.
Alors nous pourrons faire un troc de friandise.
Moi, je vous donnerai, s'il faut que je le dise,
Un produit berrichon dont l'aspect tentateur
Fait venir au gosier l'eau du dégustateur.
Il est de couleur mauve : il a dans ses nervures
Un agaçant désir d'y faire des morsures.
Je ne vous dis que ça. Comprenez maintenant
L'ardeur que vous aurez aux dents en le tenant.
En échange, apprêtez chez madame Lemaître
Un des derniers bonbons qui viennent de paraître.
Mais vous aurez beau faire — et chez son vieux mari —
Rien ne surpassera les produits du Berry.
Oui, si je n'avais pas peur de vos moqueries
Je chanterais en vers nos fines sucreries ;
Mais je connais l'esprit des Blaisois — et ne veux
Pas leur chercher la bête au milieu des cheveux.
Car ces gaillards ont joint, dans leur blason attique,
Au hérisson, ces mots : *Qui s'y frotte s'y pique.*

Vous m'avez demandé ce que devient Lucy ;
Je n'ai que quelques mots à dire, les voici :
C'est une grande fille aux yeux noirs, au teint pâle,
Un vrai type de juive au gai visage ovale.
Elle a des cheveux noirs, touffus, brillants et longs
Qui tombent comme un fleuve au bas de ses talons.
— Ce sont de faux cheveux, une fausse perruque.
Qui, disais-je en riant, descendent de ta nuque.

— Apprends que j'en vendrais, si je le voulais ; mais
Je ne voudrais jamais en acheter, — jamais.
Il faut lui pardonner cette erreur de jeunesse
Qui lui fait croire encor que jamais une tresse
De faux cheveux ne va jouer l'illusion
Dans un tas de chignons tombant en fusion.

Allons, je vais finir cette longue missive
Pour ne pas vous tuer de ma prose massive
Dont je cache l'amer sous un long bout rimé
Comme un remède sous un candi parfumé.

Adieu, *Cara mia,* chère à plus d'un cœur tendre,
Je vous serre la main que je vous vois me tendre.
Et sur ce, je me dis, ô lutin ravissant,
Votre cousin fidèle et très-obéissant.

Février 1872.

LETTRE A LA MÊME

—·—

Claire, quand l'autre jour, je finissais d'écrire
En vous disant : « Adieu, je n'ai plus rien à dire.
Ce n'était pas la fin ; vous l'avez bien compris.
Mais par l'heure du train j'avais été surpris
Et je n'avais pas pu, dans cet embarras même,
Ajouter ce cliché de ressource suprême :
« Je donnerai la suite au prochain numéro ; »
Je n'eus pas pu tracer au bout même un zéro.
Car le chemin de fer n'a pas de complaisance.
Il arrive et repart sur la même cadence,
Sans bonjour, ni bonsoir ; il est prêt, prenez-le
Ou le sifflet vous dit : va te faire lan-lai.

Nous sommes loin des temps où, plein de politesse,
Le coche déjà lent, retardait sa vitesse
Pour attendre au passage une lettre d'ami.

Aujourd'hui, la vapeur ne fait rien qu'à demi.
Mais elle va si vite, elle revient si preste,
Qu'on lui sait presque gré d'être beaucoup trop leste.
Au lieu de ne s'écrire à peine qu'une fois
Ainsi qu'on le faisait au bon temps d'autrefois.
On s'écrit pour un oui, pour un non, une épitre ;
On improvise comme un boniment de pître.

Tous les petits sujets de conversation :
L'esprit se tient ainsi toujours en action.

Dans la vieille ballade on dit : « Les morts vont vite » —
Mais les vivants ont l'air qu'un démon les excite
A courir à présent sans s'arrêter jamais.
Si je vous dis cela c'est afin, désormais,
Que trempant plus souvent la plume en l'écritoire,
Vous ne vous fassiez pas une œuvre méritoire
De me griffonner juste une lettre par an :
C'est en prendre à votre aise avec un vieux parent.
Et quand vous vous mettez à m'écrire, vous êtes
D'une exigence dont les allures coquettes
Semblent dire : « Mon cher, je veux ceci, cela.
» De la prose et des vers à gogo, jusque-là ;
» Ne vous étonnez pas si je daigne me taire,
» Car, vous, vous me devez un culte épistolaire,
» Et comme une Madone assise sur l'autel
» Qui, muette, reçoit l'offrande d'un mortel,
» J'ai le droit d'occuper sans répit, votre verve. » —

C'est un peu là le lot que le sort me réserve
Dans ce vrai jeu de dupe où je viens m'escrimer.
J'en suis las : retenez que je ne veux rimer
Que quand vous donnerez à présent la réplique.
Vive l'Egalité ! vive la République !

Vous êtes jeune, oui ; je suis vieux — c'est trop vrai :
Mais pourtant chaque fois que je ne recevrai

Pas réponse de vous, vous pouvez être sûre
Qu'à votre égard je veux avoir la même allure :
Point d'argent, point de Suisse,—et sans lettre,—bonsoir;
Pour vous écrire un mot je n'irai pas m'asseoir.
D'où vient donc, dites-moi, d'où vient, je vous en prie,
Que vous prenez ainsi la plume en bouderie;
Que vous ne daignez pas me répondre *illico?*
Chacun à ce sujet doit payer son écot,
Et non pas à demi, mais tout entier, ma chère.

Avez-vous un reproche — ou bien deux — à me faire?
Il ne faut pas du tout vous gêner; — dites-les. —
Allons, je veux les voir clairement formulés.
Peut-être ai-je oublié que, tendre sensitive,
Vous n'avez pu goûter ma dernière missive?
Je disais : « Saisissez dans un élan du cœur
» Celui que le destin fera votre vainqueur ;
» Il ne faut pas coiffer la sainte Catherine
» Ni passer dans les rangs d'une vieille cousine. » —

Est-ce là, chère enfant, ce qui vous fit chagrin?
Pourtant je n'y mis pas de malice un seul grain,
Pas un, je vous assure, et vous pouvez m'en croire.
Si ce n'est pas cela — c'est donc une autre histoire?
Laquelle? en vérité, je cherche, — sans trouver
Ce qui peut vous avoir un peu fait endêver.
J'y suis. J'ai refusé vos cornets de dragées
Sous ce prétexte affreux qu'étant par trop âgées
Et bénites en sus, — j'aimais mieux rien du tout;
J'ajoutais qu'un bonbon frais, non bénit surtout,

Qu'un bonbon dont la robe est neuve et non déteinte
Pouvait seul m'allécher... Allons donc ! je m'éreinte
Bien inutilement à chercher le motif
De votre long silence ; — et cousin trop naïf
Je n'apercevais pas que vous riiez sous cape
De me voir ignorer le vrai motif qui frappe.
Ce n'était pourtant pas malin à deviner
Mais toujours notre esprit est enclin à tourner
Trente-six fois en cercle autour du pot aux roses
Avant de découvrir la plus simple des choses.

On se torture ainsi dans sa simplicité
Pour trouver que l'hiver est plus froid que l'été...
Il n'est qu'un seul motif qui fait qu'on me délaisse
Et qu'on ne m'écrit plus, un seul, c'est — la paresse.
Fi ! que c'est donc vilain de vous laisser mener,
De vous voir sans souci, vous laisser gouverner
Par un des sept péchés capitaux que le Diable
Souffle à celle qu'il veut rendre à jamais damnable.
Voyons, vous avez là du cœur, Claire, entre nous ;
Demandez-moi pardon sans vous mettre à genoux ;
Je vous passe les mains au-dessus de la tête
Et vous absous alors du péché malhonnête, —
A la condition que vous m'allez jurer
De ne le plus commettre et de vous en garer.
Dominus vobiscum — et que la paix soit faite !

Vous vouliez de mes vers ? — prenez donc la bluette
Que vous allez trouver après ces bouts rimés.
Elle date de loin, les vers sont peu limés :

J'ai fait ces couplets-là dans le courant d'octobre.
Depuis ma muse suit un régime très-sobre ;
Ma tête vide, à sec, sans inspiration,
Ne peut souffler au corps la plus molle action.

Si vous ne chantez pas « la petite hirondelle »
Au son du piano donnant la ritournelle,
N'espérez pas trouver au fond de mes couplets
Autre chose qu'un tas de petits mots fort laids,
Bons à jeter en bloc au milieu des orties.
Mais votre voix charmante et les notes sorties
De votre piano, rendront cette chanson
Propre à faire un joujou d'une heure à la maison.
Emile n'a pas lu cette œuvre détestable,
Chantez-lui le refrain quand vous serez à table.
Amusez-vous de lui, cachez le nom d'auteur
Et ne lui parlez pas de votre... serviteur.

Il va chercher un peu, lui, ce jeune poète,
L'Olympio chéri qui met tout Mer en tête
Et dont la renommée a propagé les chants
Depuis qu'heureux parrain il fit des vers touchants
Dont mon cœur est ému, dont votre âme est saisie. —
Sur le petit poupon que dorlotte Isacie,

Adieu. Je clos ce jeu qui me rend bête au moins.
Je pourrais ajouter d'autres vers ; néanmoins
Je m'arrête — et ne laisse une corde à ma lyre
Que pour vous dire enfin, que je n'ai rien à dire.

Sinon que je veux être, avec certain respect,
Un cousin vous aimant d'un amour non suspect
Et qui n'est dans le fond qu'une amitié tendre
A quoi mes cheveux gris ont le droit de prétendre ;
Car cette amitié qu'en somme je vous dois
Ne va qu'à déposer juste au bout de vos doigts
Cette caresse rose autrefois déposée
Par le bon vieux Phébus sur cette main rosée
Que lui tendait l'Aurore à l'aube du matin.
Tendez-moi donc vos doigts, sans moue : Adieu, Lutin

2 mai 1872.

LE DÉPART DE L'HIRONDELLE

AIR : *Du Dieu des Bonnes gens (de Béranger)*

I

Jeune hirondelle, en quittant notre France,
Ne va pas dire au loin tous ses malheurs :
Ne conte pas ce qu'elle eût de souffrance
Et cache bien tous ses cris de douleurs.
A ton retour, reviens, jeune hirondelle,
Nous égayer au bruit de tes chansons ;
Reviens encore effleurer de ton aile
    Nos fleurs et nos moissons.

II

Tu fus toujours fidèle à ma patrie,
Et quand l'hiver assombrit nos climats,
Quand sous ses coups l'herbe tombe flétrie,
Tu ne veux fuir que ses âpres frimas :
Mais aussitôt que le ciel étincelle,
Que le soleil dore nos horizons,
Tu viens encor effleurer de ton aile
    Nos fleurs et nos moissons.

III

Ah ! reviens donc, hirondelle gentille,
Reviens nous voir aux beaux jours du printemps ;
S'il fait trop froid mon feu clair qui pétille
Réchauffera tes membres grelottants ;
Je garnirai ton petit nid, ma belle,
Des chauds débris de nos blanches toisons
Pour voir encor effleurer de ton aile
    Nos fleurs et nos moissons.

IV

Dis à tes sœurs qui s'en vont en Lorraine
De consoler nos frères bien-aimés ;
Dis qu'à leur deuil nous mêlons notre haine
Que nous vivons de revanche affamés...
Ah ! la victoire en revenant fidèle
Entonnera nos guerrières chansons.
Tu reviendras effleurer de ton aile
    Nos fleurs et nos moissons.

V

Tous nos malheurs n'ont qu'un reflet qui passe ;
Nous les aurons bientôt tous effacés ;
Car notre main touche aux mains de l'Alsace ;
Ses conquérants seront tous terrassés.
J'entends déjà la voix qui nous appelle
Au grand combat et nous dit : Commençons !
Tu reviendras effleurer de ton aile
    Nos fleurs et nos moissons.

VI

Pauvre petite, au bruit de la mitraille,
Tu rentreras tremblante dans ton nid ;
Mais ne crains rien ; car, après la bataille,
L'honneur français ne sera plus terni.
Quand tu verras que notre cœur excelle
A gracier ceux que nous terrassons,
Tu reviendras effleurer de ton aile
     Nos fleurs et nos moissons.

VII

Et si tu vois à travers la campagne
Ces champs sacrés où dorment nos héros,
Près de la tombe où prient mère et compagne
Laisse à ton vol un moment de repos ;
Pleure leur deuil et console, hirondelle,
Leurs noirs chagrins par tes douces chansons.
Et viens encor effleurer de ton aile
     Nos fleurs et nos moissons.

VIII

Mais si nos fils oubliaient leur vaillance,
S'ils oubliaient la revanche à jamais ;
Si, dans leur cœur, ils oubliaient la France,
L'Alsace et la Lorraine désormais ;
Pendant une heure, oh ! si leur foi chancelle
Quand la patrie et nous tous frémissons,
Ne reviens plus effleurer de ton aile
     Nos fleurs et nos moissons.

A MA CHÈRE COUSINE CLAIRE A.

———×———

Je vous écris, cousine, à neuf heures du soir,
Au bord de la fenêtre où je me viens asseoir.

C'est la chûte du jour ; déjà la nuit s'avance
Et je vois une étoile, après l'autre, en silence,
Surgir à l'horizon et briller lentement
Jusques aux profondeurs de notre firmament,
Comme si vêtu d'ombre un voyageur étrange
Venait illuminer d'une éclatante frange
La surface et les bords de ces astres errants
Qui se meuvent muets comme des figurants.

Et je rêvais ainsi, j'alignais mes cadences
Sur le ciel étoilé, sur ses magnificences,
Quand je vis émerger au bord de l'horizon
Un astre qu'on ne peut regarder sans façon,
Car il est signalé — tantôt comme un présage
Qui doit porter la crainte en l'âme du plus sage, —
Tantôt comme le signe aimé des vignerons
Dont le vin capiteux fait décrire des ronds : —
C'était une comète à la queue éclatante,
Qui traversait le ciel dans une course ardente.
Que pour autrui ce soit un augure assuré
Des bons ou mauvais jours, moi, toujours je prendrai

Sans peur, en souriant, les heures, les comètes,
Ainsi qu'elles viendront, jours, dimanches et fêtes.

Mais voyez comme vont tous les événements
Et si je ne dois pas avoir des sentiments
Tout autres que ceux-là que je viens de vous dire :
Jugez-en : J'étais donc en train de vous écrire —
Et d'où vous écrivais-je ? — Ici, d'un beau pays
Perché sur des hauteurs d'où les yeux ébahis
Regardent au lointain, vrai décor de féeries,
Les ondulations des terres, des prairies,
Des bois, dont les tons verts se mêlent variés
Aux nuages flottants par le vent charriés.
Là-bas, sous une brise alanguie et mignonne
Le blé doré s'abaisse — et s'élève — et frissonne;
Plus loin les vieux débris des châteaux écroulés
Ne montrent que les tours des donjons crénelés.
Plus loin, plus loin encore, et du fond des vallées,
Remontent dans les airs, en spirale, ondulées,
Les limpides vapeurs, au ton gris, des foyers
Cachés, humbles, riants, à l'ombre des noyers.

Claire, c'est au milieu de ces beaux paysages,
Qui remplissent mon cœur et mon âme d'images,
Que m'apparût un soir, la comète Coggia,
Rouge comme un feuillet de l'album des Borgia;
C'est bien alors aussi qu'ému de ce présage
J'allais tracer des vers sur une sombre page
Quand le facteur, cousine, apporta votre pli.
Et je dis : la comète est un astre accompli.

Elle est tout simplement l'Aurore aux doigts de rose,
Riante, et m'apprenant cette charmante chose
Que, vaincue à la fin et cessant tout combat,
Vous alliez, pour toujours quitter le célibat.

Cousine, c'est d'ici, du haut de la colline,
(Et colline est mesquin — c'est montagne, cousine.
Que je devais vous dire — et je le dis aussi)
Du haut de la montagne où nous prit à merci
Le bon Saint-Honoré, patron des poitrinaires
Et des gens engorgés de biles et de glaires, —
En faisant d'un rocher sortir à gros bouillons
Une onde où vieux païens nous nous débarbouillons :

C'est d'ici que j'appris cette bonne nouvelle
Que de la jeune fille à jamais coupant l'aile,
Vous alliez devenir, silencieusement,
Une femme qui prend un mari pour amant.

C'est d'ici que mêlant mes vers aux rhumatismes
Je les veux déverser comme des cataclysmes,
Au dessus de la tête aux blonds cheveux frisés
Dont j'adore la pose et les yeux irisés,
Que le soleil, servi par la photographie,
Vous mit au front afin que je vous déifie.

C'est d'ici que je veux vous noyer dans mes vers,
Comme dans l'eau, je veux, suivant les vieux travers,
Essayer de noyer les douleurs erratiques,
Qui rongent le tissu de mes membres étiques.

Laissez donc, ô ma chère, accomplir le dessein
Qu'a de vous ennuyer en vers, votre cousin.

Claire, je vous ai vue espiègle et bien petite
Et quand vos petits pieds ne trottaient guère vite.
Je vous faisais alors sauter sur mes genoux
Et nous ne nous parlions ni par vous, ni par nous :
C'était des tu, des toi, dans toutes nos paroles.
Ah! pauvre jeune temps que vite tu t'envoles !

C'est ainsi; mais jamais je ne m'attristerai
De mon vieux temps perdu que je vois enterré.

A quoi bon? — Les regrets m'amèneraient sans cesse
Un flot d'autres regrets pour doubler la tristesse.
Prends le temps comme il vient, dit le sage, et sans peur.
Jouis : La vie est courte — et n'est qu'une vapeur.
Nous passons — et l'oubli nous couvrant de son ombre
Ne laisse de nous tous qu'un souvenir peu sombre.

Ma chère, c'est bien là le sort habituel
Du commun des martyrs — et si le rituel
De l'Eglise n'avait une cérémonie
Donnée au bout de l'an et du curé bénie,
La mémoire des morts serait depuis longtemps
Oubliée aussi bien que l'hiver au printemps.
Cependant, il ne faut pas faire plus vilaine
Qu'elle n'est, entre nous, notre nature humaine.
Non, car au fond du cœur restent souvent gravés
Quelques-uns des grands deuils qui nous sont arrivés.

Je ne songe jamais à la mort de ma mère
Sans la pleurer encor comme une perte amère.
Je la vois — et la tombe a recouvert son corps —
Puis comme une musique aux plus divins accords
Si la nuit est venue, une voix, c'est, je pense
Sa douce voix, bruit, tout bas, dans le silence:
J'écoute. Vain espoir. L'ombre du trépassé
S'enfuit insaisissable, invisible! et lassé
J'abreuve de regrets et de pleurs ces chimères
Qui bercent les enfants dans le deuil de leurs mères.

Mais j'éloigne de nous tout triste souvenir.
Vieux, je vis du passé; vous, jeune, d'avenir.
Quand le règne des sens a fini sa carrière
J'écoute les échos qui vibrent en arrière,
Je souris à l'oiseau bleu de mes premiers ans:
Et j'en refais le nid; je regarde au dedans
Les œufs et le duvet de ces jeunes couvées
Qu'au fond de notre cœur nous avons tous rêvées.
C'est ainsi que je vois souvent en un clin d'œil
Mes vieux rêves couverts d'un long crêpe de deuil!

Mais nos projets déçus, que le sort sacrifie.
Font un rempart de plus à la philosophie.
Cette philosophie est encore à venir
Pour vous, chère cousine, et de votre avenir
Vous ne voyez encor que les beaux paysages.
Et vous faites toujours vos émouvants voyages
Au pays où conduit l'imagination.
Depuis trois ans je vois votre âme en action.

Oui, je la vois rêveuse et pleine de tendresse,
Obéissante au souffle ému de la jeunesse
Et cherchant l'oiseau bleu que j'ai souvent cherché.
Qui s'est enfui souvent ou s'est tenu caché.
Mais vers vous, à l'appel de votre œil angélique,
Il est venu tout seul, épris d'une tactique
Où vous n'avez pas mis, dans un rôle vainqueur,
De la coquetterie à la place du cœur.

Votre oiseau bleu, cousine, a la barbe très-noire
Et je le vois d'ici — ce n'est pas illusoire; —
Il a des cheveux noirs, un œil ému, brillant ;
Il roucoule tout bas; il marche, sémillant,
Et le sang qui bondit de son cœur à sa joue
Fait de l'homme un enfant dont le trouble se joue.
Un pauvre papillon ébloui par l'amour
Et qui perd à la fois et le calme et l'humour.

Ah! quand je le verrai votre oiseau bleu, ma chère.
Quand je verrai celui que votre cœur préfère.
Je lui dirai pourquoi votre bouche a dit : Oui.
Pourtant, l'eussiez-vous dit, je ne l'ai pas ouï
Le motif qui vous fit prendre un parti suprême
Et commencer le verbe « aimer » par le temps : J'aime :
Mais je le sais, ma chère, et s'il n'était trop tard
Je le dirais ce soir — et sans autre retard —
Car cela m'est facile à moi qui lis sans peine
Ce que peut contenir ou d'amour ou de haine
Un pauvre petit cœur ému comme le cœur
Qui, se tournant vers moi, me dit : Tais-toi, moqueur.

Adieu, chère cousine, adieu; — mais si j'achève
Mon radotage et mets ici ma plume en grève,
Je ne quitterai pas le velin où j'écris —
Sans y laisser enfin l'affectueux souris
D'un vieux cousin qui prend la plus chaste des poses
Pour mettre deux baisers au bout de vos doigts roses.

Saint-Honoré-les-Bains, 20 juillet 1874.

A M. ERNEST L., DE BLOIS

Vous aussi, vous voulez de la prose rimée ?
Volontiers : en voici, bien ou mal arrimée
Dans les compartiments d'une lettre. Jugez
Si dans ce badinage où vous m'encouragez
Je ne vais pas à gauche au lieu d'aller à droite.
Comme je ne suis pas de route trop étroite,
Si vous trouviez, mon cher, que je dévie un peu,
Dites-le moi sans gêne, et, si cela se peut,
J'ajusterai ma ligne au moyen d'une courbe
Où vous ne verrez pas les méandres d'un fourbe.
Je pense, toutefois, que sur bien des côtés
Vous trouverez vos pas sur les miens emboîtés
D'une telle façon que, malgré tout caprice,
Nous aurons l'air de deux pioupious à l'exercice.
Ainsi, pour commencer, si je vous dis d'abord
Qu'il était bien grand temps de voir virer de bord
Et le Gouvernement — et cette lune rousse
Qui, tous deux, oubliaient d'avoir une humeur douce,
Vous répondrez bien sûr que j'ai cent fois raison.
On a bien nettoyé quelque peu la maison,
Mais il en reste assez au fond des écuries,
Pour nous occuper tous à pousser les scories.

On ne sait pas encor si le Gouvernement
Aura bientôt fini son rôle peu charmant;
Si, devenant meilleur, il voudra reconnaître
Qu'un serviteur payé ne peut pas être un maître.
La Lune, elle, a cessé de nous tenir rigueur;
Elle laisse au Printemps reprendre sa vigueur;
La Nature a quitté son air mélancolique;
Le Ciel est bleu; Bulbul me fait de la musique,
J'entends déjà le soir mille bruissements
Aussi mystérieux que des duos d'amants.
Je me souviens : je ris aux chansons éternelles
Que le Printemps ramène avec les hirondelles.
Mon cœur s'épanouit dans l'ivresse — et je sens
Comme un flot de bonheur qui m'envahit les sens.
Je dis : est-on heureux. au seuil de la vieillesse,
De dorer ses ennuis d'un reflet de jeunesse?
Pourquoi cette jeunesse au bout de deux matins
Voit-elle s'envoler si vite ses destins?
Ah! si nos pauvres corps ressemblaient à la Terre,
Si, comme elle, ils avaient au dedans un mystère
Qui, tous les ans, les fît doucement revenir
Vers un Printemps en fleurs qui ne pourrait finir,
Alors, en regardant ma barbe déjà grise,
Je dirais : attendons; c'est l'effet de la bise;
Après l'hiver j'aurai des cheveux noirs et longs.

Oui, mais la vie est une échelle aux échelons
Qu'on gravit un instant pour les descendre ensuite —
Et le temps d'y penser la jeunesse est en fuite :

Mes cheveux, noirs hier, sont devenus tout gris;
Mes chansons ne sont plus que des gros mots aigris.

Ainsi va notre vie; ainsi le cours rapide
Des ans nous pousse au bord de cet immense vide
Dont le fond cache aux yeux un mystère : — la Mort.
Cette cavale noire est sans bride et sans mors;
Pourtant, insoucieux, et dès notre jeune âge
Nous l'enfourchons gaîment pour faire le voyage.
On sent par-ci, par-là, son trot dûr, ses cahots ;
Et quand, dans quelque chute, elle nous rompt les os,
Où nous brise en détail avant le dernier terme,
Nous avons l'air de prendre une attitude ferme
Et c'est en souriant que nous allons chercher
Un docteur qui nous aide à mourir sans broncher.
Cette façon d'aider la Mort est trop charmante
Pour ne pas mériter d'avoir une patente :
C'est donc un patenté, tout de noir habillé,
Qui savonne la planche et l'étroit défilé
Où tous, jeunes et vieux, les uns après les autres,
Nous passons, chantonnant, comme des patenôtres,
Les mots : Je meurs, tu meurs, il se meurt, nous mourons.

C'est ainsi, cher Monsieur, que nous nous en irons.
On nous fait un habit de sapin ou de chêne
Où nous puissions entrer peu vêtus et sans gêne;
On le cloue; on le porte avec pleurs aussitôt
En un trou préparé dans le *Campo-Santo*.
C'est tout. On parlera pendant huit jours encore
De notre mort; et puis, plus bas, on la déplore;

Puis enfin le silence autour du nom se fait
Et l'oubli le revêt d'un nuage parfait.
Si parfois vous passez auprès de la demeure
Où du pauvre défunt sonna la dernière heure,
Et qu'on vous dise : Tiens! n'est-ce pas là qu'un tel,
Si vivant, s'aperçut qu'on n'est pas immortel? —
Vous cherchez — et déjà vous avez quelque peine
A vous ressouvenir d'un deuil d'une semaine.

Pourquoi faut-il en sus des désillusions
Sentir autour de soi gronder les factions?
Pourquoi donc nous laisser, par un duc imbécile,
Menacer des combats d'une guerre civile?

Pourquoi ? — Depuis cent ans Voltaire nous l'a dit :
Notre pays est un pays de chien maudit:
On n'écrira jamais franchement ce qu'on pense;
Le droit s'efface et fuit devant la conscience;
Nous ne sommes, enfin, des hommes qu'à demi,
Des trembleurs ne sachant pas défendre un ami,
Si trembleurs qu'on nous voit silencieux, inertes,
Laisser peureusement nos portes tout ouvertes
Devant les vieux abus, les illégalités,
En nous garant des chocs comme des hébétés.
Cependant, le mal fait envers chacun des nôtres
Se répercute et frappe à la tête des autres;
Et si, dans notre cœur, l'amour du droit ne bout,
S'il ne nous trouve pas préparés et debout
Pour prendre hardiment le soin de sa défense, —
C'est que nous nous courbons encor,— dans le silence, —

Sous le fouet de meneurs d'esclaves avachis ;
C'est que nous sommes prêts à servir de hachis
Et de chair à canon dans toute guerre humaine
Où le premier venu des dictateurs nous mène,
Et qu'à la servitude apprêtant notre cou
Nous nous laissons serrer des liens de son licou.

Il est simple, pourtant, d'avoir un peu d'audace,
De se dire qu'on est tous de la même race ;
Que l'on est homme, enfin ; homme aujourd'hui, demain,
Et toujours, et sans cesse, — et qu'alors rien d'humain
Ne nous est étranger, comme a dit un poète.

Oui, m'a-t-on répondu, c'est vrai, c'est dans ta tête ;
Mais tu ne songes pas que nos bons gouvernants,
Tous gens caducs et vieux comme des revenants,
Maintiennent, par endroit un dur état de siége,
Avec des agréments ornés de plus d'un piége.

D'accord. Mais contre qui ? — Je vois bien qu'on l'a mis
A cause des Prussiens, alors nos ennemis,
Par un décret signé de Madame Eugénie.
Mais avec les Prussiens toute guerre est finie
Et Madame César a fui loin de Paris.
D'ailleurs, avouez-le donc — ou de vous je me ris —
En l'an soixante-dix, la piètre Impératrice
De notre liberté ne fit le sacrifice
Qu'en raison de la guerre et des espions Prussiens ;
Autrement, nous prenant pour des Béotiens,

Vous auriez l'air de croire en vous moquant du monde
Que cette bonne femme, en son âme profonde,
Pensait déjà pour sûr à votre « Ordre Moral, »
A ce que vous nommez le « Péril social, »
Enfin au ministère où Monsieur de Broglie
Mit au jour ses projets et ses grains de folie.

Si Voltaire vivait, comme il rirait de nous ;
C'est-à-dire de ceux plongés jusqu'aux genoux
Dans la boue attachée aux abus de la force
Et qui recouvre tout de sa sordide écorce,
Les actes, les pervers transformés en pachas ,
Et dont les mains n'ont su que faire les achats
De toute conscience en eau trouble pêchée !
Vieille gaîté gauloise, ah ! comme il l'eut lâchée
Sur la foule, au milieu des rires, des pamphlets,
Et sous le bruit aigu de ses virils sifflets,
Notre joyeux Voltaire, effroi des sycophantes !

Mais le règne du rire a des phases ardentes
A parcourir encore avant de prendre fin ;
Et si d'un rire franc nous avions soif et faim
Nous n'aurions pas besoin de courir au Mexique
Pour y chercher l'Aztec, à la tête excentrique,
Nous trouverions chez nous un tas de turlupins
Dont le crâne est pointu comme le sucre en pains.
Voyez les deux Messieurs de Lyon et Marseille —
Deux fous, — placés là-bas pour y faire merveille, —
Ne les dirait-on pas atteints tous deux d'accès
Qui les devraient pourvoir au milieu des Français,

D'une chambre chez Blanche, ou mieux d'une cellule.
Leur tête est détraquée ainsi qu'une pendule
Dont le mouvement a le grand ressort cassé.
C'est à n'y rien comprendre à moins d'être insensé.
Vrai, je les crois munis chacun d'une Egérie
Peu sage et pour le moins atteinte d'hystérie,
Tant leurs actes, taillés pour aller aux rebuts,
Dépassent le point où cessent leurs attributs.
On se demande quand la France délivrée
Ne supportera plus le joug de leur livrée !

On ne sait. Par l'ennui le trouble est dépassé.

Qu'y faire? — Rien ! — Après? — on dit avec Musset :
« Gaîté, génie heureux, qui fut jadis le nôtre,
« Rire dont on riait d'un bout du monde à l'autre,
» Esprit de nos aïeux qui te réjouissais
» Dans l'éternel bon sens, lequel est né Français,
» Fleurs de notre pays, êtes-vous disparues ? »

Ah! ces fleurs, cher Ernest, courent encor les rues;
Quand il nous les faudra nous les trouverons bien.
Et qu'on ne cherche pas à deviner combien
Nous serons pour cueillir la fleur de moquerie
Destinée à piquer de sa pointe aguerrie
Tous les messieurs Jourdain de la réaction :
Nous serons au complet quand viendra l'action.

Maintenant je finis cette longue missive;
Puis afin d'empêcher de devenir poussive

Ma verve surmenée et prête à défaillir,
Je la mets au repos pour que, prompte à jaillir,
Je puisse une autre fois la prendre délassée.

Adieu. Je clos ma lettre avec cette pensée
Que vous connaissez bien — c'est que, non à demi,
Mais tout entier, mon cher, je me dis votre ami.

30 avril 1874

A. M. ARMAND B., DE SURGÈRES

Mon bon gros vieux bonhomme, au type jovial,
Aimable, gai, tout rond, sans être trivial,
Comme je vous vois bien avec votre casquette
Qui fait dire aux amis : la drôle de binette !
Et ce n'est rien encor : vous vous prenez le cou
Dans un foulard roulé comme un épais licou ;
Un gilet de flanelle arrondit votre buste
Et vous donne tout l'air d'un gaillard peu robuste,
Car vous vous couvrez tant de tissus sous l'habit
Qu'on voit peu de frileux d'un pareil acabit.
Vous avez, sans mentir, autour de vos deux jambes
Qui vont en claudicant, comme deux vers d'ïambes,
Quatre ou cinq caleçons et cinq paires de bas ;
Un pantalon de pied vous couvre jusqu'en bas.
Je ne dis rien de vos gros sabots à musique
Dont le bruit agaçant mérite un coup de trique ;
Je vous les passe encor à cause des chaussons
Qui, pleins d'épaisse étoupe, amortissent les sons.

Si cet accoutrement n'a pas le nu d'un ange,
Je l'aime, et j'aime aussi votre tournure étrange

Qui d'un côté vous pose en Bacchus-Evohé
Et de l'autre vous donne un air de Crusoé.
Aussi, je vous le dis, — c'est la vérité même, —
Quand je vous vis entrer j'eus une joie extrême,
Car à côté de vous, jeune, noir et hardi,
Je m'attendais à voir le nègre Vendredi.

Mais l'habit, n'est-ce pas, n'a jamais fait le moine ;
Ce qu'on cherche ce n'est ni Jean, ni Marc-Antoine ;
Si la lanterne en main, Diogène nouveau,
On marche, — c'est pour voir un homme et non un veau.
A la barrière on n'est ni femme, ni même homme,
On n'est rien qu'Auvergnat : c'est absolument comme
Au camp des monarchiens où tout le monde est duc,
Grand duc ou petit duc, duc jeune ou duc caduc,
Tous ducs enfin, sans être hommes ni mêmes femmes ;
Aussi, dans tous ces rangs où règnent les réclames,
Quand on recherche un homme on trouve plus souvent
Un duc qui ne vaut pas un lévrier vivant.

Je pense qu'autrefois le chien d'Alcibiade,
En flirtant, rencontra sur une promenade
La chienne qui suivait Diogène en tous lieux,
Qu'il en eût des petits, maigres et bilieux,
Et d'où sont descendus, en ligne décroissante,
De B... et tous ces ducs que le pouvoir enfante,
Et tous nos petits ducs, pleins de morgue et d'orgueil,
La face épanouie et l'audace dans l'œil.

A les voir, on les croit bercés dès leur enfance
Sur des genoux ayant cent quartiers d'insolence,
Des genoux de duchesse où ne sont dorlotés
Que poupons de marquise avec grâce enfantés.
Ils rêvent; ça leur fait oublier leur naissance
Et la crèche où leur Dieu naquît dans l'indigence.
Que sont-ils cependant? — Des fils du Tiers-Etat,
Des petits-fils de serfs qu'une serve allaita
Et qui, devenus grands, ont renié leur mère
Et sans honte, troqué le vieux nom de leur père
Pour un nom vaniteux qu'un savon de vilains
Ne peut pas décrasser sous nos regards malins.
Les voilà : ce ne sont pas même des quarts d'hommes;
Ils ne seront jamais ce que tous deux nous sommes.
Quand je saisis la main de mon vieux Bérisset
Je la secoue et dis : c'est franc — et c'est assez; —
Ça vaut son pesant d'or; ça se passe de titre ;
Le titre ne sert plus qu'à dorer un bélitre.

Voilà ce qu'en rêvant je crayonnais ce soir
Dans le fauteuil d'étude où je viens seul m'asseoir,
Près du foyer, les pieds étendus vers la flamme
Qui réchauffe mon sang et réveille mon âme.

J'ai vécu près de vous, pendant deux ou trois jours,
Mais, bien sûr, cher Monsieur, j'en garderai toujours
Ce bon vieux souvenir qui jamais ne s'efface
Du cœur et de l'esprit sans y laisser de trace.

Je me dirai sans cesse, en usant du parler
Dont usait Rabelais quand il voulait gouailler :
» Bérisset peut bien être un gaillard qui redoute
» Le froid, ce pourvoyeur du rhume et de la goutte ;
» Il court peut-être trop après l'orviétan,
» Les pilules, l'onguent, charmes du charlatan ;
» Il aime trop peut-être à couvrir de fourrure
» Son corps qui prend alors une drôle d'allure ;
» Mais malgré ça, je l'aime — et je dis qu'un lézard
» Forcé de voyager, en janvier, par hasard,
» Se moquerait d'avoir une peau peu coquette
» Si de Bérisset même il avait la casquette ;
» Enfin Bérisset plaît, car il est sans calcul
» Et n'a jamais p...arlé plus haut qu'il n'a — *Procul !*

Au loin et Rabelais et son vocabulaire ; —
Je m'en sers en passant ; mais celui de Voltaire
Quand la gaîté me vient plaît mieux à mon esprit.
Choisissez : le curé de Meudon a son prix.
Si vous n'en voulez pas, alors je le délaisse
Et me lave les mains... pour en ôter la graisse.
Cette opération étant faite à présent,
Je lève mon chapeau, puis d'un ton plus décent.
J'achève mon épitre au milieu d'un sourire
Et me dis votre ami pour de bon et sans rire ;
Totus, tibi, tuus, animâ vel corde ;
A quoi vous répondrez, je l'espère : accordé.
Mais ne me dites pas dans la réponse en prose
D'aller me promener : j'irais — mais tout morose —

Quoique ce ne soit pas le temps d'être en chagrin :
C'est demain mardi gras, qui n'admet pas qu'un grain
De tristesse se mêle à sa courte folie
Et détourne nos cœurs vers la mélancolie.
Ah! puissions-nous longtemps rire,—aujourd'hui, demain,
Puis toujours. Adieu donc. Je vous serre la main.

Lundi, 16 février 74.

AU MÊME

Je viens de recevoir, cher Monsieur Bérisset,
Votre lettre d'un style aimable et bien troussé.
J'y vois que, séparant le bon grain de l'ivraie,
Vous prenez tous mes vers sous une couleur vraie,
A savoir qu'au milieu de mes bons sentiments
Vous n'avez pas été fâché des boniments
Que j'y mis me servant de cette langue verte
Dont Rabelais tenait une boutique ouverte.

Si j'écrivis ainsi, c'était vous pensez bien
Que je n'ignorais pas, en ce temps-là, combien
Nous étions rapprochés de ce jour de folie,
Du carnaval, enfin, où la mélancolie
N'a pas de prise au cœur même le plus blessé.

Faut-il vous l'avouer? — Jamais je n'ai laissé
La peine et la douleur prendre sur moi d'empire;
Et quand, autour de moi, tout va de mal en pire,
Pour me guérir à fond je me moque et je ris
De tout, même de mes cheveux devenus gris.

Il est vrai que parfois mon rire est plein de bile
Et n'a pas la gaîté joyeuse et juvénile ;
Mais cela n'y fait rien : Je ris. Un bon rieur
Guérit des maux cachés même à l'intérieur.

C'est le docteur Pangloss qui m'apprit la recette.
Je la suis ; je m'en sens bien mieux dans mon assiette.
Essayez-en, mon cher, dans toute occasion
Et de tous nos geigneurs fuyez-moi l'oraison.
Vous verrez par vous-même et par expérience
Que ce que je vous dis est de bonne science.
Considérez, enfin, combien en vérité
Le rire nous fournit, par sa variété,
De cas de nous guérir en guérissant les autres :

Nous rions des dévots et de leurs patenôtres,
De tous ces pèlerins à grands trains de plaisir,
Qui ne savent comment ni sur quel point gésir
Quand leur Foi (riez donc !) au nom de Dieu le père,
Du Fils, du Saint-Esprit et de la Vierge-Mère,
Pêle-mêle les mène aux lieux sanctifiés
Où le bon sens, le cœur, seront sacrifiés
Sur l'hystérique autel de Marie-Alacoque.

Oui, rions, car cela n'est plus de notre époque ;
Et rions encor plus, car dans ce carnaval
Qui promène ses chants de la colline au val,
On voit que nos dévots, en chaque sanctuaire,
Ont mis, au lieu de Dieu, partout la Vierge-Mère.

Dieu passe, étant trop vieux, sa procuration
A Mary qui seule est à l'apparition.
Elle se montre en noir dans l'Eglise de Chartres,
En blanc à Lourde où l'eau nous guérit de nos dartres;
Et cette sainte femme au sanctuaire d'Auray,
Resplendit à nos yeux sous un habit doré.
Elle jette un regard à la Salette, à Lourdes,
Et l'eau sort du rocher pour entrer dans les gourdes
Du pèlerin d'abord, puis du marchand bénit,
Heureux d'avoir trouvé, comme la pie au nid,
Une onde merveilleuse, à tous les maux propice,
Qui ne lui coûte rien, mais dont le sacrifice
Ne peut se tarifer, de sa part, au-dessous
De la somme de dix décimes ou vingt sous.

C'est pour rien ; car notez que, — dans ce prix,—le verre
Le bouchon, la ficelle et le gaz du mystère,
Tout enfin est compris. Il n'y manquerait plus, —
Cela devrait-il mettre au prix quelque surplus, —
Qu'un brevet concédé par la Vierge elle-même.

Je ne veux pas pousser les choses à l'extrême,
Mais si la Vierge sait lire, écrire à peu près,
Je ne vois pas pourquoi l'on mettrait tant d'apprêts
A produire un brevet aux yeux de tout le monde.

Afin que la vertu s'en répande à la ronde
On attendra peut-être — et là git tout le sel, —
Que l'on ait découvert un verbe universel.

Notez qu'après cela l'eau sainte est un commerce.
Il n'est pas un nigaud qui n'ait un fût en perce,
Si moi, simple mortel, je m'en mettais marchand
Je serais comme escroc condamné sur-le-champ.
Je n'ai pas, il est vrai, de robe bure ou noire ;
Et trop simple de cœur, je n'ai de leur grimoire
Aucune notion, — n'ayant, comme eux, voulu
Recevoir du bon Dieu la patente d'élu.

Nous rions de tous ceux que nous voyons sans cesse
Crier comme un vieux Duc ou comme une Duchesse
« Je suis un royaliste ! » — et qui n'ont pas de Roy.
Car cela va tout seul qu'on tombe en désarroi
Si l'on est monarchien sans avoir de Monarque.
A ce compte on part bête — et niais on débarque.
Ils se sont embarqués avec ces deux airs-là
Tous nos preux dont l'esprit si souvent se voila
Sans qu'un coup de soleil vint, à l'heure propice,
Montrer un Roy passable au public peu novice.

En effet, nous avions de reste en magasin
Trois candidats de race et gardés à dessein,
Mais Henri Cinq, d'abord, vit sa candidature
Belle au matin, le soir errer à l'aventure,
Puis disparaître enfin, à l'ombre d'un drapeau
Qui répugne aux soldats porteurs du Chassepot ;
Et Lys, elle a vécu ce que vit la fleur blanche,
Sans que du cœur du peuple un seul regret s'épanche.

Le second candidat croyant jouer au fin
Troqua l'habit de Roy pour l'habit de Dauphin.
On le vit dans Froshdorff — et d'un air peu superbe —
Devant toute l'Europe, aux pieds d'un sire en herbe,
Déteindre et lessiver sous nos yeux ébahis
Les trois couleurs de France et l'orgueil du pays :
Alors s'évanouit, sans majesté future,
L'ombre que recouvrait cette candidature.

Un dernier rejeton, offert par le Destin,
Semblait plutôt taillé pour être sacristain.
Sa mère était jadis... maintenant, par sagesse,
Elle apprend à l'enfant à bien servir la Messe,
A porter saintement un cierge dans la main.
Qui sait ce que seront les Jésuites demain ? —
·Le royaume du ciel leur est acquis à peine
Qu'ils essaient de gagner le terrestre domaine,
Car ces gens si pieux n'ont d'autre ambition
Que d'asseoir en tous lieux leur domination ;
Or, cette bonne mère a placé sous leur aile
Le retour de son fils ; elle croit que leur zèle
Effacera des cœurs le souvenir mordant
Du lâche qui livra nos soldats dans Sedan,
Qui se fit dictateur dans la nuit de Décembre,
En mitraillant le peuple et dispersant la Chambre.
Le peuple se souvient ; il dit haut : « Je ne veux
D'un chef aussi chétif que ce petit morveux. »

Voilà nos monarchiens devenus sans monarque
Et sans pilote-Roy pour diriger leur barque.

Aussi je ris encor et je rirai plus fort
En les voyant tomber dans un dernier effort.
Ils ne pourront jamais, au palais de Versaille,
Accoucher que d'un roy pris à la courte-paille ;
Mais la **cour** de ce roy ne serait plus bientôt,
Dans leurs mains, que la cour de feu le Roy Petaud ;
Car avec leur allure et marche aventurière
Ils feraient de leur chambre une archi-pétaudière.

Ah ! j'aimerais bien mieux, le trône étant vacant,
Attabler le pays, le jour des Rois, chaque an,
Devant une galette énorme et sans pareille
Où serait mis un pois d'une couleur vermeille ;
La galette coupée en douze mille parts
Rassemblerait, alors, les électeurs épars,
Et celui qui prendrait la part et le pois rouge
Serait proclamé Roy, pour un an, sans qu'il bouge.
Mais, si jamais du sort j'étais le favori,
J'avalerais le pois, afin qu'ayant bien ri,
Je pus rire encor plus de voir les Royalistes,
Enclins à vivre aux frais de nos civiles listes,
Forcés de s'en passer et de lécher, penauds,
Ce que la République aurait de maigres os.

Vous voyez que l'on peut s'épanouir la rate
Et se faire, en riant, une face écarlate
Aux dépens des bênets qu'on nomme monarchiens,
Qui se trouvant à court, jettent leur langue aux chiens.—

Ils volent des impôts — et c'est là leur affaire
Pour conserver chez eux au moins le nécessaire;
Et ce nécessaire est tout ce gras casuel
Devenu de nos jours un peu trop usuel,
Et soudé, sans vergogne, au flanc des sinécures.

Les révolutions opèrent quelques cures :
On supprime d'un coup les chiens et les valets;
On dit aux chambellans de fermer les volets;
Les écuyers s'en vont avec chevaux de selle
Et le dernier cocher en toute hâte attelle
La berline du sire et le mène au convoi
Sans qu'il demande compte en rien de son renvoi.

Voilà l'économie habituelle, unique,
Qui cache un peu le poids de la dette publique;
Puis le char de l'État reprenant son essor
Change de conducteur sans changer de ressort;
Et de nos cumulards, de nos sinécuristes,
On ne rogne jamais l'énormité des listes.

Il semble que l'État ne pourrait pas aller
Si l'on ne voyait pas à nos yeux s'étaler
Leur vie enguirlandée et d'or et de paresse,
Dont nous ne payons pas la sueur — mais la graisse;
Le peuple est un mulet dont les reins sont chargés
Pour nourrir le *Farniente,* et l'orgueil de ces geais;
Il faut que la machine, inutile et coûteuse,
Qu'inventa Richelieu. d'humeur si niveleuse,

Et qu'acheva si bien le sultan Badinguet,
Trotte, en broyant sous eux le pays fatigué.

Hé bien, cette machine aux multiples rouages
N'a qu'un but : mettre au vert dans tous ses engrenages
Un tas de vieux paillards et de jeunes crevés,
Fruits secs et sans talent, éclos sur les pavés,
Tous pères ou neveux, frères, fils, cousins, oncles,
Montrant tous au pays, comme de vrais furoncles,
Le mal intérieur dont il est dévoré.

Il faut à ces gens-là, Notre-Dame d'Auray,
Paray-le-Monial et Lourdes et la Salette,
Pour servir au dehors d'hypocrite trompette.

Au dedans que font-ils? — entrez dans les bureaux :
Ils sont tous occupés à tracer des zéros,
A faire des billets aux petites cocottes,
A noircir des papiers à tout propos de bottes.

Vivant au jour le jour, sans utiles travaux,
Leur esprit ne s'en va que par monts et par vaux, —
A moins qu'un de leurs chefs ne semble ouïr dans l'ombre
Le choc des opprimés contre l'Etat qui sombre.

Alors, tout se réveille et se meut jusqu'au fond
De l'antre où tout dormait dans un sommeil profond.
Ce n'est plus un travail utile ou salutaire
Que seconde en tous lieux l'outil d'un ministère;

Non, — c'est une âcre lutte, un combat sans répit
Qu'entame un ministère odieux, décrépit,
Dont le suprême espoir est de garder sa place
Envers et contre tous, quoique le pays fasse,
Et qui, salarié par tous les citoyens,
Serviteur infidèle, use de tous moyens,
De toutes actions que souffle l'arrogance,
Pour écraser l'essor de notre indépendance.

Et c'est pour ces gens-là qu'on double les impôts !
C'est pour payer eux tous et leurs dignes suppôts !
Mais alors, si je ris, mon rire est un rire âcre
Qui n'a de la gaîté que l'ardent simulacre ;
Et si, libre, ces gens m'essaient de convertir
En esclave, ah ! j'ose, eux, les placer comme un tir ;
Je prends la moquerie et, l'ayant bien trempée,
Je la leur pousse au flanc ainsi qu'un fer d'épée.

Vous voyez que le rire a des variétés
Qui servent à venger, nous, et nos libertés.

Mais je quitte à présent ce sujet où ma joie
Comme dans un bain noir et s'agite et se noie ;
Je voudrais que ma rime ayant enfin raison,
Vous amusât, mon cher, de meilleure façon.

Il est tard, — et ma verve, à cette heure, commence
A sombrer sous le faix comme un pot de faïence,

Je finis, en disant que j'accepte de cœur
Votre invitation : vous me verrez, moqueur,
Débarquer près de vous dans le port de Surgères,
Si la Gère n'a pas trop souffert des misères
Que lui prodiguent tant les rayons du soleil.
Autrement, je rirais d'un rire sans pareil
S'il me fallait chercher le lit de votre fleuve,
Ou rester, pour le voir, jusques à ce qu'il pleuve.
Ma foi, j'aimerais mieux faire battre au tambour
Que quelqu'un cherche un fleuve auprès de votre bourg.
Mais « Bourg » est insolent; car, si Surgère est ville,
Ma manière de dire, est au moins incivile,
Et je n'ai pas d'excuse autre qu'il me fallait
Mettre « Bourg » — où ma rime à la fin s'en allait.

Quoiqu'il en soit, vers Mai, le joli mois des roses,
J'irai dans Châteauroux voir tout un tas de choses :
Machines, bêtes, gens, réunis en concours
Pour primer le progrès et savoir s'il a cours —
Ou si, comme on le dit, « l'ordre moral » l'arrête.

Quand j'aurai vu primer l'exposant ou sa bête, —
Puis vu tomber, le soir, de la hauteur du ciel,
Le sempiternel feu d'artifice officiel, —
Je veux prendre à la main mes friques et mes fraques
Et pointer de l'avant pour le pays des craques.
Surgère est sur la route — et, par précaution, —
Puisque sa rivière est sujette à caution, —

Je suivrai le rail-way dont la locomotive
M'emportera bien sûr d'un façon plus vive.
Sur ce, cher Bérisset, Curry tout court — sans de,
Se dit bien votre ami, *totus, tibi, corde.*

Post-Scriptum : N'oubliez jamais mes vieux préceptes :
« Bien rire et se moquer de tous les gens ineptes. »

1er mars 1874.

A MON NEVEU ÉMILE B.

Je me souviens encor du jour de mon départ.
On se fit tendrement et d'une et d'autre part
Des adieux où le cœur endormi se réveille
Et, devenu bavard, promet monts et merveille.
On n'est pas chiche alors de promettre beaucoup
Plus de beurre et de pain qu'on n'en donne après coup.
Tu ne concevais pas, coquin plein de tendresse,
Comment à s'entr'écrire on mit tant de paresse.
Tu protestais. J'entends encor ce ton calin
Pris pour mieux m'assurer que, vrai, sur le velin
Ton premier mot tracé viendrait à mon adresse.
Mais comme le vieux bœuf qui dans nos prés s'engraisse
Au milieu du *farniente*, en mangeant tout son saoul,
Ta plume n'a pas fait du travail pour un sou.
Au fond de l'écritoire elle s'empâte d'encre
Et s'y rouille en repos comme un navire à l'ancre ;
Elle n'est qu'une enseigne où l'on peut au-dessous
Mettre : ici l'on n'écrit que... demain... pour cinq sous.
Ah ! je comprends,—cinq sous,—c'est après tout un chiffre.
Avec cinq sous, mon Dieu, le Juif-Errant s'empiffre
Et voyage en tous sens depuis qu'est mort Jésus.
C'est qu'en effet cinq sous — et quelque chose en sus—

Font un commencement pour tenter la fortune.
Va, je serai Pierrot; puis, au clair de la lune,
Je viendrai te prêter une plume et cinq sous,
Avec une allumette et du feu par-dessous
Afin qu'en enflammant le bout de ta bougie
Tu puisse voir, — écrire, — et poser en vigie
Au coin de ta missive un timbre-poste bleu.
Si ça ne suffit pas, dis-moi donc palsembleu,
L'ingrédient qu'il faut pour exciter ta verve?
Tu vois, en vérité, que le repos t'énerve;
Mais alors je m'en vais secouer ton cerveau
Et ne pas te laisser avoir l'air d'être un veau,
Car le prochain toujours prodigue d'épithète
Pourrait bien sans façon t'appeler une bête.
Mon Dieu, s'il ne te faut qu'un excitant, prends-le :
Un peu de café noir est bien vite avalé.
Avale donc, écris, — ou je casse les vitres
Et je te mets au rang de nos plus sots bélitres.
Si de toi, dans trois jours, je ne reçois un pli,
Je t'appelle goujat, goret, gniafre accompli,
Et je déverse au fond de ta cervelle épaisse,
Tous les gros sobriquets, charnus et pleins de graisse,
Que Rabelais prêtait si généreusement
Aux héros épicés de son joyeux roman;
Oui, je m'en vais pour toi prendre ce dialecte
Au beau milieu duquel Panurge se délecte.
Entends-tu bien, fripon et coquin avéré?
Ne seras-tu content que quand j'aurai juré,
Sacré, comme un damné relaps qui déraisonne
Sur tout, et tant et tant, que le Diable en personne

Se mettant en sursaut sous les armes, viendra
Me coudre et m'emporter avec mon dernier drap?
Ah! ce n'est pas ainsi que je conduis ma plume
Et le moindre devoir au fond du cœur m'allume
Un zèle impatient d'être son serviteur.
Et je n'ai pas besoin qu'on me baille un tuteur
Afin de me guider pas à pas dans le monde.
Jamais ma volonté n'hésite ou vagabonde
Au milieu des chemins qui mènent droit au but.
Je laisse de côté, je fuis dès le début,
Avec les carrefours, tous les beaux labyrinthes
Où l'homme vacillant n'opère que des feintes,
J'appelle un rat, un rat; Émile un paresseux,
Et ne m'alignerai jamais au rang de ceux
De son espèce dont la graine, je l'espère,
Sera bientôt passée à l'état de chimère.

Ah! quand avec mon air de mouton du Berry
Je vins chasser à Contre un gibier ahuri,
Je fus, à bras ouverts, reçu comme un Messie
Et traité d'un cœur tendre et plein de courtoisie.

Evidemment, après tant d'égards prodigués,
Je devais n'épargner ni roses ni muguets
Et mettre un gros bouquet de fraîches fleurs choisies
Dans mon remercîment doré de poésies.
Je le fis — et voici l'épître, qu'alité,
J'envoyai, pour couvrir toute incivilité,
A la très-chère tante, en sa villa rieuse
Où j'eus, avec le lit, la table généreuse :

« A Mme L^{ise} J., DE BELLEVUE.

» Je suis confus, Madame, et je viens m'accuser
D'un péché que je peux à grand'peine excuser ;
Car j'ai reçu chez vous, pendant une semaine,
Une hospitalité douce, exquise et bien pleine
De tous ces bons parfums de famille et de cœur
Où votre amitié joue un rôle si vainqueur, —
Et depuis trente jours, laissant ma plume à l'ombre
Et le temps s'écouler en minutes sans nombre,
Je semble n'avoir pas trouvé l'heureux moment
De vous remercier de votre accueil charmant.

Ah ! vous ne croirez pas, malgré mon long silence,
Que dans l'oubli j'absorbe ainsi mon existence ;
Et que le souvenir de mon séjour passé
Chez vous, à Bellevue, en moi s'est effacé.
Non, si l'âge rature au fond de ma mémoire
Bien des événements fugitifs et sans gloire,
Jamais mon cœur n'oublie en ses égarements
Du plus petit bienfait les moindres éléments.
Aussi, dans mes accès de pardon débonnaire,
Un vice a seul le don de ne jamais me plaire —
Et c'est l'ingratitude ; et, dans ma passion,
Je l'exècre au-de-là de toute expression —
Et tant — que si le Diable, outrepassant ses bornes,
M'obligeait, je dirais, moi, du bien de ses cornes.
La chose étant ainsi dans ma tête et mon cœur
Vous n'accueillerez pas d'un sourire moqueur

Mon excuse d'écrire avec si peu de hâte.
Non; vous direz cet homme est d'une bonne pâte
Et si, comme sœur Anne, on attendait toujours,
C'est qu'il n'était pas maître et du temps et des jours.
En effet, — ne prenez pas ceci pour un conte, —
J'avais un bon motif qu'il faut que je raconte :
Figurez-vous, Madame, en arrivant ici,
Que je vis un ami, vieux chasseur endurci,
Qui, malgré mes jarrets las et ma peau hâlée,
Osa me traiter d'être une poule mouillée
Afin de m'entraîner pendant deux jours encor
Dans une chasse où j'eus comme le diable au corps.

A cinquante-six ans, vous pensez si j'abuse
Un peu trop des ressorts qu'on a quand on s'amuse
A vingt ans ! — Ces ressorts, à mon âge, ont vieilli,
Et sont aussi cassants que du vieux cuir bouilli.
Aussi, lorsque finit la deuxième journée,
Je sentis que mon corps aurait la destinée
D'une locomotive, après collision,
Qu'on mène à l'atelier de réparation.
Moi, ce fut sur mon lit où gisant, immobile,
Je commençai d'apprendre à faire de la bile,
Car je ne pouvais plus remuer pieds ni mains.

Mais, au mal, je ne veux pas de longs lendemains,
Et j'envoyai chercher ce bon docteur Panglosse
Afin de bien savoir quelle douleur atroce
Dame chasse essayait d'acclimater sur moi.
Or, le docteur survint et, me tirant d'émoi,

Me dit en souriant : la chose paraît sûre —
Puisque je ne vois pas la moindre égratignure, —
Vous ne devez avoir qu'un petit lumbago.
Ce n'est pas aussi gai qu'un air de fille Ango,
Et ce ne sera rien — si de la sciatique
Vous ne ressentez pas le choc diabolique.
Mais si je le ressens? — Alors vous en aurez
Pour un mois à rêver des rêves peu dorés;
En outre, il vous faudra tenir tranquille et calme
Comme un martyr qui va recevoir une palme,
Ou sinon — à tout geste, au moindre mouvement,
Vos reins seront frappés d'un rude châtiment.

Ce fut comme il le dit : Le lumbago d'abord
M'endolorit les flancs de l'un à l'autre bord,
Et puis la sciatique enchérissant encore
Sur le premier bobo de moi, pauvre pécore,
Me tortura les reins par assauts saccadés.

Si jamais quelques maux devaient m'être accordés
Pour punir un coquin dont j'aurais à me plaindre,
Je n'en trouverais pas qui fussent plus à craindre,
Qu'un peu de sciatique au moment de marcher.

Pensez-vous qu'à présent j'ai besoin de chercher
Un faux-fuyant afin que votre complaisance
Puisse me pardonner, Madame, mon silence?
Non, non; vous m'absoudrez en raison du destin
Peu charmant que me fit la chasse un beau matin.

Il ne me reste plus que quelques mots à dire
Et je les écrirai pour vous les faire lire :
Je suis observateur et j'ai souvent cherché
Ce que chacun, au fond, a de bonheur caché
Dans la vie au grand jour qu'il mène sur la terre.
Vieux, pour y réfléchir, je regarde en arrière,
Et ne vois pas toujours du bleu sous l'horizon :
Le rêve rose est gris ; la lèvre sans chanson,
Et le regard ému se détourne avec larmes.
Quoi ! de ces rêves pleins de projets et de charmes
C'est là tout ce qui reste au fond de l'avenir !
Oui, Madame ; et pourtant vous avez vu venir,
Eclore et vivre, vous, vos souhaits d'espérance
Accomplis comme au bout d'une tendre romance.

Vous avez un mari sympathique, empressé
D'accueillir un désir avant qu'il soit passé.

Vie heureuse ! et que vous dorlotez en silence
Au milieu du confort d'une douce existence,
A l'ombre des tilleuls et sous les charmes verts
Que le soleil colore en des tons si divers
Dans la villa riante, assise sur le faîte
D'un coteau dont la pente ondulée et coquette
S'étend vers la prairie, aux bords d'un indolent
Et frais ruisseau qui coule, à regret, d'un pas lent, —
Se retourne et replie en anneaux de deux aunes
Son onde paresseuse, à l'abri des vieux aulnes,
Comme s'il ne pouvait quitter, le malheureux,
Ces sites enchantés dont il semble amoureux.

C'est là que vous vivez. Ah ! puissiez-vous encore
Y passer de longs jours et n'être qu'à l'aurore
De cette éternité qui, tous, jeunes et vieux,
Nous guette et nous attend dans ses bras envieux !

Septembre 1874.

C'est ainsi qu'à la tante on fait un compliment ;
Mais, pour toi, paresseux, on change d'instrument.
Je n'irai pas user les cordes de ma lyre
Pour égayer l'esprit de ce nouveau Tityre
Que Georgette dorlotte à tort chaque matin
Au lieu de le fouetter comme un petit mutin.

Georgette, il ne vaut pas le baiser que je pose
En oncle affectueux au bord de ton front rose ;
Ni la bonne caresse et le baiser d'ami
Que je mets sur le front de ton fils endormi.

Adieu. Je clos ma lettre et j'y mets de la cire,

Il ne reste plus rien maintenant à vous dire,
Sinon que je veux être un oncle triomphant
D'être dur au neveu, mais tendre envers l'enfant.

Décembre 1874.

UNE

AVENTURE ÉLECTORALE

(1869)

UNE AVENTURE ÉLECTORALE

(1869)

ENVOI A M. A. B.

Vous vous en souvenez toujours de l'*Aventure*
Que nous chantions sur l'air de tante Lurelure
Pour calmer les ennuis de la captivité ?

Vous l'avez, dès le jour de sa nativité,
Près des fonds baptismaux conduite toute nue.
Nous l'avons baptisée ensemble à sa venue,
Sans bonbons ni marraine, en l'hôtel du Duc Jean.
Vous disiez : La gaillarde aura de l'entregent ;
Laissons-là donc courir et coupons ses lisières.

Mais si quelque malin donne des étrivières
A cette pauvre enfant et la jette à genoux ;
Mais si, toute éplorée, elle revient vers nous,
Je lui dirai : Ma chère, il ne faut pas t'en prendre
A d'autres qu'au parrain Armand, beaucoup trop tendre,
Qui t'a laissé courir à travers les chemins
Sans souci de la ronce et des noirs lendemains.

UNE AVENTURE ÉLECTORALE

(1869)

———✳———

Ridendo dicere verum
Quid vetat?

(HORATIUS).

I

Vous n'avez pas connu feu Monsieur de Samône,
Ce grand, sec et cambré, bâti comme un vieux Faune?
Ah! tous les francs amis du gros rire ont pleuré
Quand ils ont vu ce corps drôlatique enterré.
Qui donc ramènera parmi nous cette joie
Que savait réveiller si bien cette vieille oie?
Ainsi se formulait en larmes de gaité
La funèbre oraison du Guignol édenté.

II

Il ne faut pas du moins qu'on perde la mémoire
Du descendant — couvert d'une poudreuse gloire —
De ces preux qu'en l'an mil on vit tous se croiser,
Non par Foi — mais d' ennuis et pour se délasser, —
Non pour donner un but utile à leur vaillance,
Mais pour tuer des Turcs au lieu de serfs de France;
Mais pour aller chercher une aventure au loin
Et pouvoir dire après : du Seigneur je suis l'Oint.

III

Le pays fit-il là gain d'une chènevotte?
Non. Mais le chevalier finit en don Quichotte ;
Et les petits-enfants en le voyant trotter
Eurent, en gambadant, l'esprit de l'imiter :
Dès lors, il fut perdu : comme sa renommée
Son vieux prestige aussi disparut en fumée ;
Sancho-Pança resta maître, lui qui n'était
Qu'un valet, que chacun auparavant battait.

IV

On chercha le fin mot de la métamorphose :
Chacun pour le trouver mit en avant sa glose ;
De toutes les couleurs on en vit sur tapis :
Si l'une eut un côté de bon, l'autre fut pis.
Je n'ai pas découvert à moi seul la meilleure ;
Mais je n'ai pas cherché midi à quatorze heure,
Ç'aurait été d'abord avec un hiatus
A faire reculer tous les savants en us.

V

Voici ma glose enfin : (prière à chaque dame
De ne pas m'en garder rancune au fond de l'âme.)
Je dis donc que Monsieur le seigneur suzerain
N'eut pas toujours le cœur ou de fer ou d'airain.
Quoi qu'en dise Veuillot, il eût dans le village,
Parmi tant d'autres droits un droit dit de jambage.
Ce droit ne resta pas inoccupé, décent,
Et l'étalon-seigneur créa le demi-sang.

VI

Il faut compter après le demi-sang femelle.
— Comment femelle aussi? — certe — et pas de querelle;
Ecoutez-moi d'abord; ensuite contestez
Et si d'une raison bonne vous me battez,
Je l'admettrai sans faute — et vous dirai sans peine —
Qu'elle est d e qualité meilleure que la mienne.
Mais la voici la mienne — et nous verrons, après,
Si la vôtre la peut égaler à peu près :

VII

Je sais votre légende : elle est chaste et naïve, —
Et Musset l'a contée, en prose leste et vive,
L'histoire où Barberine avait, pour sa vertu,
Avec une quenouille autrefois combattu.
N'objectez pas cela; laissez cette légende
Et répondez plutôt à la simple demande
Que je viens vous poser : Ce qu'Eve a fait un jour,
Barberine, est-ce pas. pût le faire à son tour?

VIII

Si je dis Barberine, aussi bien je veux dire,
Que toute femme en eût fait autant sans médire.
Alors, vous comprenez tout ce qui s'est passé
Quand le puissant Seigneur, parti comme croisé,
Laissa là son épouse assise au coin de l'âtre.
Sans doute elle n'eut pas qu'une allure folâtre,
Mais aussi sa quenouille eût bien quelque repos;
Un an, deux ans, — c'est long — même pour un héros.

IX

L'austérité pendant ce temps fait quelque rêve;
Du rêve à l'action notre chère mère Eve
Se laissa dériver doucement et sans peur.
Aujourd'hui toute femme arrive à la vapeur. .
Nous pouvons en conclure, au moins sans médisance
Que dame Barberine eut bien quelque imprudence,
Mit de l'eau dans son vin — et qu'un beau jour enfin
Et d'elle et d'un *Trouvère* on vit le produit fin.

X

(Je veux noter ici deux mots en parenthèse
Qui ne détruiront point l'argument de ma thèse :
J'ai dit que toute femme arrive à la vapeur, —
Ce n'est pas vrai : c'était pour rimer avec « peur. »
Il n'est certainement, parmi nous, pas une âme
Qui voudrait soutenir un tel propos infâme.
Voilà pourtant où mène un mot de rimailleur.
O, Mesdames, pardon, pour un mauvais railleur !

XI

Pardon ! — Je ne veux plus risquer de sotte rime;
Je me mets à genoux, je confesse mon crime,
Et, s'il faut vous le dire avec contrition
Je ne veux plus commettre une telle action.
Que voulez-vous de plus, ô mes chères lectrices?
Dites? — Je suis tout prêt aux plus durs sacrifices,
Et pour rentrer en grâce, ainsi que je le dois,
Je vous mets un baiser de paix au bout des doigts.)

XII

Voilà comment se fit le demi-sang femelle.
N'allez pas dire : Non — et me chercher querelle ;
Car, depuis sont venus tant d'autres changements
Qu'on ne peut distinguer dans ces événements
Où sont le demi-sang, le pur-sang. Il se trouve
Que chacun, à la fin, dans son esprit éprouve
Une seule pensée — et c'est qu'il n'est qu'un sang,
Ni pur et ni demi, — qu'un sang — d'où tout descend.

XIII

Ceci donc est bien clair et sans un autre prône
Nous pouvons achever l'histoire de Samône.
Samône est un beau nom, — d'accord ; mais aujourd'hui
Pour voir le contenu chacun ouvre l'étui,
Or, l'étui de Samône a bien quelque prestige
Dont la paillette d'or à nos regards voltige ;
Mais cet étui n'a rien — rien à l'intérieur ;
Et lorsque l'œil y plonge — il en revient rieur.

XIV

Cependant de Samône à ceci ne prend garde ;
Il croit que d'aise on rit alors qu'on le regarde.
Je pense que jamais pareil aveuglement
N'a frappé de chrétien si radicalement.
Il se rengorge donc comme un paon ; fait la roue,
Dit : fixez-moi, manants, de la poupe à la proue. —
Après, faites donc croire à ce noble Hidalgo
Qu'il n'est fait que du bois dont on fait le nigaud ?

XV

Cela n'est pas facile — et nous vîmes l'audace
Dont peut être capable un geai de noble race.
En effet, vers le mois de juin soixante-neuf
Nous eûmes tout à coup quelque chose de neuf.
Pour une élection, la lice était ouverte.
Nous n'avions pas besoin d'aller en découverte
Pour trouver à foison du plant de candidat :
Nous en avions d'abord qui venait de l'Etat :

XVI

Puis du côté d'Henri; — de la branche cadette.
Il semblait aux partis que ce fût une dette
A payer sur-le-champ, dans cette occasion.
Du reste, on ne pensait pas à la Nation :
Elle n'avait alors qu'un candidat modeste
Vêtu, comme beaucoup, d'une petite veste,
Et qui s'annonça seul sans tambour ni clairon,
Mais d'un façon franche et comme un homme rond.

XVII

On se regarde un peu ; puis on cherche à résoudre
A quel moulin on doit aller pour faire moudre ;
Et l'on convint d'aller au moulin du pays.
Le meunier fut nommé : Les autres, ébahis,
Penchèrent de grands nez alongés jusqu'à terre.
Jamais on n'a tant ri même en vidant son verre,
Et le rire a marché toujours *in crescendo*
Quand on eut sû quel vin mêlèrent dans leur eau

XVIII

Les autres candidats. — L'un avait pris dispute,
Dès le commencement de cette ardente lutte,
Avec un Monseigneur, Archevêque et Primat,
Qui protégeait l'essor d'un autre candidat.
« Il est comte — et porté de cœur pour notre Église
« Et nous recommandons aux nôtres qu'on l'élise,
» Disait le Monseigneur. — Mais je suis comte aussi,
» Comte à vieux parchemins, — tandis que celui-ci

XIX

» Privé même d'un de, n'a qu'un nom de roture ;
» Sa noblesse est d'hier — et frise l'aventure
« Puisqu'elle a commencé sous un aventurier. »
Mais le comte à croisade eut beau dire et crier,
L'autre fut protégé par ce motif étrange,
Que, si jeune il fut diable, — il devint, vieux, un ange.
Alors, on pût compter dans l'Arrondissement,
Sans même avoir besoin d'autre recensement, —

XX

Tout ce qu'il contenait, groupés près de la mitre,
D'abbés et de curés, chanoines de chapitre,
Chantres et marguilliers, fossoyeurs et bedeaux,
La Kyrielle, enfin, qui vogue dans les eaux
De Notre Sainte Mère *(et cætera*, pantoufle —
Laissez-moi respirer, car je n'ai plus le souffle).
C'est fait, Je continue : — et tout cela compté
N'allait que vers trois mille au plus, en vérité.

XXI

C'était peu. Nous croyions que les cohortes noires,
Au milieu de leurs rangs comptaient plus de mâchoires.
Il nous reste à narrer l'impérial chemin
Qu'ont suivi, se donnant l'un à l'autre la main,
Préfet et sous-préfet, candidat, dont l'étoile
Fût par les électeurs recouverte d'un voile. —
Il faut dire d'abord que Monsieur le Préfet
Posait — comme homme sûr d'arriver à son fait.

XXII

Et son raisonnement avait de la finesse.
Je tiens, se disait-il, mon candidat en lesse ;
Et maintenant qu'il est entraîné pour le champ
De course électorale, il ira s'approchant
De plus en plus du but où — par une recette
Que connaît sur le turf la plus simple mazette —
Il passera premier : c'est tout ce qu'il nous faut
Pour mettre du camp noir le sujet en défaut.

XXIII

Comprenez, Sous-Préfet, ce que j'ai voulu dire ;
Car, ce n'est pas, mon cher, une façon de rire.
Cheval et candidat, pour moi qui suis du sport,
Je les sers tous les deux avec même transport.
Que faisons-nous au turf quand nous avons la crainte
D'avoir un concurrent qui d'un coup nous éreinte ? —
Nous mettons à côté, pour lui faire le jeu,
Deux vieux chevaux de bois qui font gagner l'enjeu.

XXIV

Ici, c'est tout pareil : il nous fallait un homme
Qui n'eut guère de chance et qui raflât en somme
Les voix des ouvriers — et vous l'avez trouvé.
L'autre est venu tout seul à moi me dire : *Ave*.
Celui-là raflera les voix des seigneuries.
Ainsi, tout vient à point comme à Pâques-fleuries.
Votre petit meunier est charmant, — mais sachez
Qu'il ne va qu'au talon de mon seigneur-Natchez.

XXV

Ah ! c'est un grand seigneur, un croisé de croisade,
Je ne dis pas d'ailleurs. Voyez où sa toquade
En fait d'élection l'a mené loin, mon cher.
De toutes les façons ça va lui coûter cher :
D'un côté — récolter assez de moqueries
Pour en rassasier jusqu'aux gars d'écuries ;
Et d'un autre côté, lui, cancre, être amené,
A payer la chopine au vieux gniafre aviné ;

XXVI

A caresser du doigt le menton des servantes
En les faisant danser comme des corybantes ;
A passer, tour à tour, dans des speech ombragés
Des velours attendris aux cuirs trop enragés, —
C'est bien fort ; mais cela n'est rien au prix du reste.
Il faut avoir l'esprit fait en manche de veste
Pour imaginer, certe, une combinaison
Dont le récit ferait tomber en pâmoison,

XXVII

L'homme le plus rassis, le Turc le plus féroce,
Et jusqu'à don Quichotte assis sur une rosse.
Il faut, cher Sous-Préfet, que je vous conte enfin
Cette combinaison cocasse pour la fin.
Le féodal seigneur qui nous sert de compère
Sait lire à peu près comme Adam, le premier Père ;
Quant à signer son nom il l'eut fait volontiers
Ainsi que le faisaient ses ancêtres altiers ;

XXVIII

Mais il avait perdu le pommeau de l'épée
De ses aïeux — depuis qu'à tort inoccupée
Elle ne servait plus que comme un instrument
Propre à faire tourner le rôti rondement.
Il n'eut donc pas recours aux moyens littéraires,
Aux procédés des gens de lettres ou d'affaires.
Il fit mieux ; il voulut que dans tous les cantons
Son nom fût bruyamment redit sur tous les tons.

XXIX

Or, son fils avait un vieux castel dans la Creuse
Où meutes et piqueurs menaient la vie heureuse.
C'est très-beau d'être chien, même d'être piqueur,
Et d'être heureux en sus ; mais quand on a du cœur
On dit reconnaissant : Maître, quel est le rôle
A jouer pour dorer ton nom d'une auréole?
Le maître alors a dit : Laissez les cerfs dix-cors
Et venez maintenant, avec les chiens, les cors,

XXX

Du château de mon fils au domaine où j'habite,
Ma lettre vous indique où sont vos lieux de gîte
Et que vous n'y devez aller que lentement
En suivant de tout point mon seul commandement.
Les voilà donc partis nos valets, chiens en tête.
Le chien était superbe et l'aboyante bête
Se redressait en l'air avec l'expression
D'un chien qui paie aussi sa contribution.

XXXI

Il fallait, pour aller d'un château joindre l'autre,
Traverser — en prêchant comme eût fait un apôtre —
Les cantons où devait s'engager le scrutin.
Là, les piqueurs jetaient à tous un bulletin.
Il n'est pas un hameau de banlieue, un village,
Où les chiens, les piqueurs, n'aient fait tapage et rage.
Les chiens à l'arrivée aboyaient sur trois rangs ;
Les cors lançaient en l'air des duos déchirants ;

XXXII

Tout le monde accourait en sursaut sur sa porte ;
Et les petits enfants que la fanfare emporte
Echappaient aux regards du magister ému,
Cherchant par quel ressort tout le peuple était mû.
La halte se faisait à la plus grande auberge
Où le chef des piqueurs disait : « Qu'on nous goberge !
» Nous tous, les chiens compris, sommes à haut seigneur,
» Monseigneur de Samône, à qui devons honneur ;

XXXIII

» Monseigneur se présente, honorable assistance,
» Pour être député, grâce à la bienveillance
» Que vous témoignerez en cette occasion. » —
Jamais, en vérité, pour une élection,
On ne vit candidat jouer la comédie
Aussi bouffonnement, s'il faut que je le die ;
Mais ce fut si bouffon et d'un bête si sot
Que jamais, non jamais, on ne vit un assaut,

XXXIV

De rires plus corsés, courant toutes les gammes
Du plus petit enfant aux plus vieilles des femmes ;
Et chaque électeur, pris de ce rire infini,
Dit : pour ce candidat n – i, ni — c'est fini.
Notre affaire ira donc comme sur des roulettes
Et je n'aurai besoin que de peu d'estafettes,
Disait le Sous-Préfet : voici le temps venu
De mettre nos projets au clair et tout à nu.

XXXV

J'ai donc imaginé — cela n'est pas si bête —
De faire à notre cercle, un grand bal, une fête,
Où je produis notre homme officiellement.
Là, je le fais danser avec chaque maman,
Quoiqu'il souffre au talon de certaine aposthume :
Mais danser une fois n'entraîne pas coutume.
Ce pauvre candidat dansa clopin-clopant,
Toute la nuit ; faisant la bouche en cœur ; pimpant

XXXVI

Comme un collégien, dans sa seizième année.
Peines et temps perdus ! La chose était mort-née ;
Quoique galvanisée à ses derniers moments,
Des affres de sa mort on vit les battements.
Le candidat vécut; mais sa candidature
Disparaissait sur l'air de tante Lurelure,
Et le petit meunier qui les amusait tant
Au lieu d'être battu, suivant eux, fut battant.

XXXVII

Cependant, il fallut un tour de ballotage
Entre l'officiel, haut et grand personnage,
Et le petit meunier. Ce fût là que l'on vit
Tout ce qui grouille, et rampe, et saute, et danse, et vit
Dans le milieu pourri des conservateurs-bornes.
Après le premier tour, ils sont inquiets, mornes ;
Ils oublient les gros mots qu'ils se sont dit d'abord,
Puis, comme des pantins, virent du même bord.

XXXVIII

Celui qui prit le mieux son parti de l'affaire
Et reconnut enfin son audace première,
Ce ne fut pas l'ami du clan du Gesù noir
Où sont les chevaliers rusés de l'éteignoir ;
Ni le préfet, monté sur sa grande cavale,
Qui nous voulait de haut mettre une martingale ;
Ni l'homme Olympien, élevé dans le ciel
Que le pouvoir baptise et nomme officiel ;

XXXIX

Non, ce fut, en un mot, Monseigneur de Samône,
Celui dont la bêtise allongea bien d'une aune ;
Celui qui convaincu de sa futilité
Cria, dans un élan naïf de vérité :
« Oui, puisque le scrutin sous tant de coups me hache,
» Comme par le passé, je veux rester — Ganache. » —

Ce fut là de l'Empire et des conservateurs
Le dernier vaudeville offert aux électeurs.

Juillet 1871.

LE
CARROSSE DE PROSPER

LE CARROSSE DE PROSPER

ENVOI A LUCIE B. L.,

Il ne faut maintenant, qu'une histoire enfantine,
Où l'esprit se promène et s'égaie et badine,
    Pour amuser ton cœur :
C'est pourquoi j'ai choisi le sujet du carrosse.
Tu connais le héros dont tout bas je me gausse,
    Dont nous rions en chœur.

Mais ce sujet sied bien à l'âge que tu portes
Et qui ne peut subir d'émotions plus fortes
    Sans se troubler soudain.
Prends donc pour te distraire et lis sans moqueries
Ce récit enfantin d'aventures chéries,
    Et n'en fais pas dédain.

Plus tard, quand le destin mûrira tes années,
Jette ces petits vers comme des fleurs fanées
    Que dispersent les vents :
Ce sont pourtant les vers mis sur mes feuillets roses !
Assez tôt tu liras de sujets plus moroses
    Les récits émouvants.

Tu n'en comprendrais pas aujourd'hui l'amertume,
Ni l'acreté du fer qui m'a servi de plume ;
      Puis, ces durs sentiments
Ne souriront jamais à ton âme, ô mignonne,
Comme les souvenirs que l'enfance nous donne
      Vêtus d'habits charmants.

Il sera toujours temps d'assombrir tes pensées,
De sentir tes gaîtés, sous le deuil affaissées,
      S'éteindre ou se voiler.
Laisse les feuillets noirs où la désespérance
A photographié tous ses cris de souffrance,
      Laisse-les s'envoler

Près des vieux, comme moi, loin de ce petit monde,
Où ton esprit joyeux sans souci vagabonde,
      Et se laisse bercer.
Puisse-tu des malheurs ne voir jamais la trace,
Ou pouvoir t'écrier quand le temps les efface :
      « Ils n'ont fait que passer ! »

1ᵉʳ janvier 1872.

LE CARROSSE DE PROSPER

Récit d'Enfance

———

> *Homo sum — et nihil humani*
> *a me alienum puto.*
>
> (TERENTIUS).

I

J'avais alors huit ans, mon frère en avait trois :
Nous étions au logis comme deux petits rois.
Mon frère, en culbutant, courait après mes jambes
Et nous allions ainsi pareils aux vers d'ïambes.
L'un grand faisait le maître, et tapageait beaucoup ;
Mais l'autre plus petit, pour renchérir d'un coup,
Criait en agitant d'une main sa crécelle
Quand l'autre main d'un bois frappait sur la vaiselle.

II

On ne s'entendait pas : c'était un bruit d'enfer,
Plus agaçant qu'un bruit de marteaux sur le fer.
Ma mère, fatiguée, avait beau nous redire :
» Taisez-vous donc, enfants, ou je ne vais plus rire. » —
On poursuivait toujours le turbulent ébat,
Car l'enfant dans ses jeux n'aime que le sabbat.
Alors, la pauvre mère, à demi courroucée,
En donnant de la main une douce poussée,

IX

Et vogue la galère! et me voilà parti
Pour satisfaire ainsi l'aquatique appétit.
Je croyais avoir fait une œuvre méritoire;
Mais la barque en dérive arrivait à la Loire;
Le courant nous saisit; nous filons comme un trait.
C'était là le côté joyeux et plein d'attrait
De l'aventure ; aussi, je regardais la rive,
Et prenais en pitié, dans mon allure vive,

X

Le carrosse immobile et déjà loin de nous;
Car, maintenant, — c'était à s'en mettre à genoux, —
J'avais un gai carrosse et qui, seul et rapide,
Marchait comme un express et sans avoir de guide.
Mais, bientôt, j'apprenais que le bonheur est court.
A peine rasions-nous le village de Cour, —
Prosper chantant toujours sa vive barcarolle, —
Que nous vîmes sur nous une barque qui vole

XI

Et s'élance tout droit, sous les coups d'avirons, —
Quand notre barque à nous décrivait de grands ronds.
Je me pris à penser qu'il eut été plus sage
Et peut être meilleur de rester au rivage.
On nous accoste enfin ; on me ramène au port,
Penaud, l'oreille basse, au milieu d'un transport
De colère inquiète, assaisonné de gifle.
Le cœur gros et le nez qui, par hoquets, renifle.

XII

Je m'en revins, tenant mon frère par la main,
Prêt à recommencer, lui, dès le lendemain,
Mais il n'y fallait plus compter : Depuis cette heure
Je dus suivre une route autre et qu'on crût meilleure.
Nous allons voir comment on s'abusait parfois
En se fiant sans crainte aux gamins d'autrefois.
En effet, par un soir d'Eté, quand déjà l'ombre
Amène d'Orient des nuages sans nombre

XIII

Que le soleil couchant brode de franges d'or,
Je promenais mon frère, heureux comme un milord,
Sur la route qui va du Vivier jusqu'à Suèvres.
J'étais las ; — et Prosper avait toujours aux lèvres
Ses mots : Hue ! ho ! dada ! — Mais son fouet, son jargon,
Ne me faisaient pas plus qu'aux biques d'Harpagon :
Par la course épuisé, je m'étais mis en panne,
Soufflant sous le harnais, — et j'attendais... la manne.

XIV

Mais il était écrit qu'il n'en tomberait pas.
Je repris donc ma route et j'allais pas à pas,
Quand un cabriolet annonçant sa venue
Ronfla dans le lointain de la longue avenue.
Je formai là-dessus un projet peu sensé,
Quoiqu'il allât très-bien à mon bras harassé. —
D'autant mieux que je vis l'allure de la bête
Et compris à son pas, au maintien de sa tête,

XV

Qu'elle était pour le moins aussi lasse que moi :
Ce fût un vrai bonheur qui me remplit d'émoi.
Lors donc qu'elle arriva près de mon équipage
Je me mis de côté pour lui livrer passage :
Elle se ralentit juste en face de nous,
Marchant cahin-caha, presque sur les genoux.
Je me dis : voilà bien une affaire excellente —
Et puisqu'elle s'en va d'une marche si lente

XVI

Je puis me décharger des peines et du soin
De traîner plus longtemps, — ce n'est pas sans besoin, —
Le petit frère assis au fond de son carrosse.
Je passe en tapinois derrière notre rosse
Et d'un tour de mouchoir j'attache, avec quelque art,
Au fond de la voiture un bout de mon brancard ;
Et nous voilà soudain cheminant tous ensemble,
Piano, très-contents et d'un léger pas d'amble.

XVII

Je côtoyais mon frère et du doigt faisais : Chut !
Afin qu'on ne vit pas le bonheur qui m'échut
D'avoir une voiture et d'avoir cette veine
De la faire aller seule et sans la moindre peine,
Et Prosper répétait le mot : Chut ! — mais tout bas, —
Tenant son fouet penché, cessant tous ses ébats,
Souriant en dessous de l'œil et de la bouche,
Avec des petits airs d'une sainte... Nitouche.

XVIII

Et je lui souriais du coin de l'œil aussi,
Calme, heureux tous les deux, sans l'ombre d'un souci.
Tout à coup le cheval, frappé d'une houssine,
S'emporte, me laissant seul, sans que je devine,
Interdit, par quel cri je devais arrêter
La course du cheval qui ne fit qu'augmenter ;
Et je restais en place et gardais le silence,
Quand la peur aussitôt me prenant, je m'élance

XIX

En criant, mais trop tard, vers le cabriolet.
Il était déjà loin ; ma voix qui le hêlait
Ne pouvait plus s'entendre : au détour de Larrue
La voiture est déjà de mes yeux disparue.
Je cours et je regarde — et ne vois au lointain
Qu'un nuage poudreux ; — puis, tout bruit s'est éteint.
Je m'assieds sur la borne et je pleure ; je songe
Au petit frère, à ceux que dans le deuil je plonge.

XX

Au châtiment sévère et juste qui m'attend.
Que faire ? Rentrer ? — non ; combiner, en mentant,
Une histoire apocryphe et qui tire de peine ?
Je reculais devant cette action vilaine.
Je quittai la grand'route et suivis les sentiers,
Écoutant tous les bruits, les prenant volontiers
Pour le son de la voix de mon cher petit frère ;
Puis, honteux de rentrer au logis, solitaire,

XXI

Je me mis inquiet sous un arbre — et, couché
J'attendis le cœur gros, l'événement caché
Qui devait à la fin clore cette aventure.
Je n'y fus pas longtemps : le bruit d'une voiture
Et le babil, les cris enfantins de Prosper
M'arrivèrent bientôt, avec leur timbre clair.
C'était lui : J'étais donc tiré du maléfice
Qui semblait me poursuivre avec tant de malice

XXII

Dans mes courses sur terre — et mes courses sur l'eau.
Vivement je me lève — et m'approche au galop.
C'était bien, en effet, ce cher bambin de frère,
Gai, babillard, rieur, tout couvert de poussière,
Et qui dans son langage enfantin racontait
Comment de son cheval le trot le cahotait.
En le voyant sauvé je repris mon courage
Et m'élançai sans peur près de son équipage.

XXIII

« Retire-toi d'ici, polisson, me disait
» Une femme en colère et qui reconduisait
« La voiture et l'enfant. Abandonner son frère
» Aux hasards de la route, oh ! c'est affreux. Ta mère
» Apprendra ta conduite et va te corriger. » —
Je sentis à ces mots tout mon sang se figer.
Prosper ouvrait deux yeux tout grands et tout languides
Et sur la pauvre femme et sur moi, ses deux guides,

XXIV

Ne sachant démêler au fond de tout cela
Ce qui s'allait passer pour ces reproches-la.
Nous arrivons enfin au logis vers une heure
Indue et quand déjà l'on ferme sa demeure :
Et ma mère inquiète était là, demandant
A tous de quoi calmer son souci bien ardent.
Nous voilà. — C'est Prosper qui reçoit l'embrassade
Et moi tous les regards d'une mère maussade.

XXV

Ce fut bien pis encor quand la femme eut conté
Qu'en passant à Fleury, Prosper avait été
Surpris dans sa voiture, entraîné sur la route
Par un cabriolet, qui l'eut brisé sans doute
Si des gens ne l'avaient tiré du mauvais pas.
Ah! je n'étais plus fier et je ne chantais pas!
Je reçus en pleurant une longue algarade
Qui contrista beaucoup mon petit camarade.

XXVI

Il fallut se soumettre — et bien piteusement,
A la correction de la chère maman.
Je fus au pied du lit, par un seul brin de laine,
Attaché, dans la pose où l'on met Madeleine :
C'était là le supplice ordinaire et choisi
Pour l'expiation de mes fautes; et si
J'essayais par malheur de rompre mon entrave
Ma mère, alors, usait d'un châtiment plus grave.

XXVII

Je m'y soumis, muet, avec un gros soupir
Qui semblait attester mon profond repentir.
Je baissais, à genoux, la tête presque à terre.
Affligé, près de moi veillait mon petit frère,
Et ses petites mains caressaient mes cheveux,
Essuyaient tous les pleurs qui me tombaient des yeux.
Il regardait ma mère et de son doux sourire
La suppliait, naïf, de ne plus me maudire.

XXVIII

Ma mère était venue auprès de nous s'asseoir.
Je fis, en sanglotant, la prière du soir :
Et quand je fus aux mots : « Pardonnez notre offense, »
Je les dis avec âme et tant de confiance
Que ma mère aussitôt m'embrassa sur le front
Et détacha le fil qui me faisait affront.
Le petit frère ému combla de ses caresses
Ma mère, et n'était plus qu'un foyer d'allégresses.

XXIX

Ainsi se terminait ma dernière action
Au logis paternel; car, mis en pension
A quelques mois de là, je ne vins aux vacances
Qu'une fois tous les ans pour refaire mes danses
Avec le petit frère. Ensuite, l'âge vint
Et l'heure des leçons s'écoula; — c'est en vain
Qu'on veut la retenir; il faut marcher sans cesse,
S'enfoncer dans la vie, en goûter la tristesse.

XXX

Mon frère devint grand et lui-même, à son tour,
Alla par les chemins; et ce n'est qu'au retour
Qu'on se voit maintenant et comme par fortune.
Ainsi passent les jours; ainsi, l'une après l'une,
S'écoulent sans répit les heures que la mort,
Au bord du sablier, nous compte sans remord.
Mais elle a beau se mettre au bout de notre voie
S'asseoir et grimacer pour que chacun la voie,

XXXI

Elle n'a pas assez d'empire au fond des cœurs
Pour en chasser l'écho de tous ces joyeux chœurs
Que les longs souvenirs de nos jeunes années
Réveillent, font revivre aux plus sombres journées.
Oui, tant qu'un souffle anime un cœur même abattu,
Tant que sous l'agonie, hélas! il ne s'est tû,
Les refrains de l'enfance, aux strophes parfumées,
Viennent chanter en nous comme des chœurs d'Almées.

1er janvier 1872.

LE

DEUX NOVEMBRE

LE DEUX NOVEMBRE

De profundis clamavi.

I

Pour la fête des Morts ce jour fut bien choisi :
Le ciel, sombre et funèbre, apparaît épaissi
Comme si, dans les airs, des trépassés sans nombre
Effleuraient les vivants des ailes de leur ombre.
Tout est triste; les bruits s'éteignent sourdement,
Et des hauts peupliers descend lugubrement,
L'une après l'une, morte, et sans sève, et fanée,
La feuille que l'hiver a déjà condamnée.

II

La corneille aux cieux jette un long croassement;
Le glas tinte; sa note arrive lentement
Et sonne au fond du cœur le deuil et l'agonie :
L'âme s'empreint alors d'une sombre harmonie;
Elle appelle à grands cris, les âcres souvenirs
Des amis que la mort a privés d'avenirs;
Elle veut les revoir — et rouvrir ses blessures
Pour s'en faire à plaisir un surcroît de tortures.

III

O mon Père, ô ma mère, ô mes chers trépassés,
Si vous êtes parmi tous ceux qui sont passés
Dans ces suaires gris qu'un souffle inconnu porte,
Arrêtez-vous ; quittez votre sombre cohorte ;
Mettez vos froides mains, sans peur, dans mes deux mains,
Contez-moi le bonheur trouvé sur vos chemins ;
Arrêtez, dites-moi le fond de nos mystères ;
Moi, je suis votre fils, écoutez, ombres chères,

IV

Ici-bas je n'ai plus rien qu'une jeune enfant ;
Voyez-là, c'est ma vie — et j'en suis triomphant ;
C'est ma vie — et n'ai plus d'autre attache sur terre.
Faut-il rester encore ou franchir la barrière
Qui de vous me sépare ? — Ah ! je songe et pressens
Le langage muet, triste et doux, sans accents,
Qui, comme un souffle éteint, susurre de vos lèvres,
Vous dites : « Pauvre fils, il faut que tu te sèvres.

V

» De ces plaisirs mondains qu'on ne peut plus rêver
» A ton âge ; mais, vois ce qu'il faut achever.
» La course est encor longue ; arme-toi de courage ;
» Surmonte les écueils, — au milieu d'eux surnage ; —
» Défends ta vie ardue et n'aspire jamais
» Au repos que la mort nous a fait désormais.
» La vie est un combat où le lutteur s'agite
» Tant qu'un souffle viril au fond du cœur palpite,

VI

» Tes jours noirs sont passés ; et, ceux qui t'ont vaincu
» Comme l'esprit du mal ont déjà trop vécu.
» Tu les verras bientôt couchés dans la poussière
» Où s'éteint toute haine et toute morgue altière.
» Tu vivras, — au milieu des débris et des morts
» Que sème sous ses pas l'ange armé du remords, —
» Toi, souriant et calme et l'âme radieuse,
« Comme un marin sauvé d'une mer orageuse,

VII

» Qui s'assied sur la Dune et contemple les flots
» Dont la rage, à ses pieds, rend les derniers sanglots. »
Et j'ai dit à mon tour : « Je veux vivre, âmes saintes ;
» Ah ! ne m'écoutez pas, n'écoutez plus mes plaintes,
» Vivre est l'œuvre virile — et l'acte courageux
» De l'homme qui, fuyant tous calculs nuageux,
» S'attache à son devoir — et dans son cœur le grave
» Si profond, que, debout, — la mort le frappe en brave. »

PRIÈRE

A LUCIE

Viens donc, ma douce enfant, mettons-nous à genoux ;
Prions pour les défunts qui veillèrent sur nous.
C'est l'heure : qu'une larme, au bord de nos paupières,
Brille et s'écoule aux pieds de nos bien-aimés pères,

Et réchauffe le froid de la mort qui les prit,
Farouche, et n'en fit plus qu'un invisible esprit.
Gardons au fond du cœur le souvenir fidèle
De ceux que le trépas a brisés d'un coup d'aile ;
Puis, relevant la tête et nous donnant la main,
Marchons toujours unis dans le même chemin,
Afin que si la vie a de rudes tempêtes
Elle trouve en nous deux d'invincibles athlètes.

Hôtel du Duc Jean, 2 novembre 1871.

AU

DESSERT D'UN BAPTÊME

AU DESSERT D'UN BAPTÊME

I

Albert, mon cher Bébé, quand tu seras plus grand,
Tu pourras avec nous prendre le Mazagran,
    Rire et causer en famille.
Alors on te dira quelle attente tu mis
Dans le cœur de tes vieux et tes jeunes amis,
    Peu désireux d'une fille.

II

Tu comprendras l'attente, et tous nos longs désirs,
Et combien ta venue a doublé nos plaisirs,
    En sachant que ta naissance,—
Jouée à pile ou face, et la nuit, à tâtons, —
Eût pu de toi, dernier de tous nos rejetons,
    Faire une fille en cadence.

III

Une race qui tombe en quenouille — et s'éteint,
C'est un nom qui s'efface au livre du Destin.
    Parfois le Destin s'égare ;
Mais ton sexe triomphe et te pose en vainqueur.
Nous n'avons plus de crainte et rions de bon cœur
    De ta sœur restée en gare.

IV

Cependant, cher Bébé, la quenouille a du bon.
C'est elle qui, déjà, prépare le bonbon
          Que voudra sucer ta lèvre;
Elle, qui t'apprenant ton babil enfantin
Par le commencement, saura guetter, lutin,
          Tous tes caprices de chèvre;

V

Assouplir ton langage au gré de tes besoins,
Afin que si parfois on oubliait les soins
          Dus à ta frêle enfance,
Tu puisses demander toi-même à ta maman
L'objet qui tentera ton œil, petit gourmand,
          Et mettra tout en danse,

VI

Tes bras mignons, ta bouche et tes petits petons. —
Aussi, tu le verras plus tard, — nos rejetons
          N'ont pas de meilleure amie
Que la mère qui veille au bord de leur berceau
Et dont le moindre bruit fait lever en sursaut
          L'affection endormie.

VII

Et quand, devenu grand, tu jetteras les yeux
Sur tous ceux que ton cœur aura chéri le mieux, —
          Ton regard le plus tendre

Ira chercher d'abord ta mère et l'adorer.
Car, elle, la première, a voulu t'entourer
De soins — et de toi s'éprendre.

VIII

Mais à ton père aussi tu devras une part
D'un amour qui ne doit s'éteindre qu'au départ
Du mystérieux voyage
Que tous nos vieux parents ont fait, sans revenir,
Ne laissant à nos cœurs qu'un poignant souvenir
D'un éphémère passage.

IX

Car ton père voudra faire un vaillant lutteur
De toi, pour le temps où, devenu libre acteur
Dans toute scène publique,
Tu devras faire un choix de nos opinions
Dont l'une à présent veut que nous cheminions
Tout droit vers la République ;

X

Tandis que l'autre encore attachée au passé,
Oubliant tout ce que nos pères ont chassé, —
Qu'ils ont détruit le servage, —
Voudraient de nos Français faire de plats sujets,
Bons au plus, à payer de lourds et gras budgets
Aux Roys, à leur entourage.

XI

Il saura te montrer le chemin le plus court
A suivre pour rayer les dépenses de cour
  Et de valets inutiles. —
Ah ! pour ne pas laisser écraser sous l'impôt
Tous ceux dont le labeur a fait bouillir le pot
  De nos princes difficiles,

XII

Il faut rogner l'abus et défendre les fonds
Que le Trésor Public, dans ses coffres profonds
  Range pour graisser la roue
De ce grand charriot qui mène le Pays
Et montre, sous les chocs, à nos yeux ébahis,
  Que, de la poupe à la proue,

XIII

Tout marche et tout va bien, quand les bons citoyens
Prennent la liberté, l'ordre, pour seuls moyens
  D'un gouvernement honnête. —
Alors, mon cher Bébé, tu seras, cœur viril,
Préparé pour la lutte et pour chaque péril.
  Peut être qu'un jour ta tête

XIV

Supportera le poids d'un mandat d'électeurs ;
Et qu'un député ferme, abordant les hauteurs
  De la tribune française,

Par son verbe éclatant popularisera
Le nom que nous fêtons, le nom d'Albert Barat, —
    Nouveau-né du Diocèse.

XV

En attendant ce jour écrit dans nos souhaits,
Oublions un moment l'espoir de tes hauts-faits, —
    Buvons ce vieux vin de Suèvres
A la santé — si chère à tous tes bons amis;
Et qu'une goutte allume en tes yeux endormis
    L'esprit qu'il nous met aux lèvres.

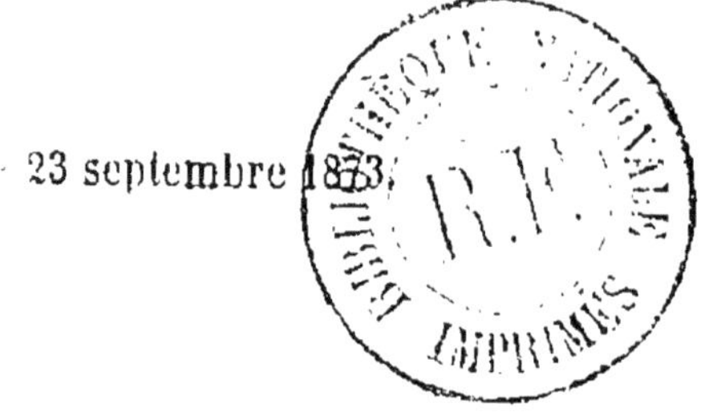

23 septembre 1873.

ÉCRIT A SAINT·HONORÉ·LES·BAINS

Sur l'Album de Madame de Ch.

———|———

Lorsque sur vos genoux vous tenez votre Blanche,
Enfant aux cheveux blonds dont la tête se penche
      Sous vos baisers d'amour;
Lorsque, pour l'adorer, vous puisez dans votre âme
De ces mots qu'une mère, ainsi que vous, Madame,
      Trouve seule et toujours;

J'aime à vous voir ainsi l'une à l'autre enlacée,
Par ce regard limpide où filtre la pensée,
      Heureuses toutes deux,
Vous, Madame, d'avoir en vos bras votre fille,
Elle, de se sentir adorée et tranquille
      Sous l'éclair de vos yeux.

TABLE DES MATIÈRES

UNE AVENTURE ÉLECTORALE (1869)

LE CARROSSE DE PROSPER

Saint-Amand. — Imp. Em. Pivoteau.